父亲看着我

李业康 著

作家出版社
全国百佳出版社

目 录

| 第一辑 | 恋恋风尘

| 第二辑 | 故乡风水

| 第三辑 | 且听风吟

| 第四辑 | 一竿岁月

| 第一辑 |

恋恋风尘

父亲看着我

那天，嫂子突然打我电话，她说父亲躺在堂屋里，120的医生都建议不要送医院了，说是脑中风，已经不行了，问我怎么办。

我急得大喊："赶紧送医院抢救！"

在我的印象里，父亲的身体一直很好，说起话来高声大嗓，走路带风，七十五岁的人了，看上去顶多六十来岁的样子，怎么可能突然不行了？我要嫂子把手机递给医生，医生说："是的，人已经不清醒了，大小便失禁，瞳孔放大，典型的临死症状。送医院应该也够呛了，百分之九十九会死在路上，按乡俗到时尸体连屋都进不了，只能摆在外面，所以建议不送院。"

我的眼前一黑，扶住身旁的椅子："不是还有百分之一的机会吗？请您给我父亲挂瓶氧气，立刻送医院！"

嫂子跟着救护车一起去医院，我胡乱拿了几件换洗衣服，冲出家门，开了车往老家赶。没多久，嫂子的电话又来了，她说父亲情况不好，120不肯送了，怕父亲死在路上我们要找他们的麻烦。我让医生接电话，向他保证一切后果由我们自己负责，他们无须承担任何责任。随车医生这才同意继续将父亲往医院送。

我从深圳出发，开了七百多公里高速，连夜赶到医院时，父亲已经进了ICU，医生正在抢救。嫂子和大姐坐在病房外的塑胶凳上，都是一副惊魂未定的样子。嫂子一见到我就说，多亏了大姐当时眼疾手快扶住了父亲，要是倒在地上，当时人就没了。我问怎么回事，大姐说："昨天清早起床，心里闷得慌，莫名其妙地烦，总觉得要出什么大事，就想回娘家看看。早餐都没吃，坐车回到家里。妈妈正在灶屋做早饭，她很奇怪，我嫁出去三十年了，从来没有这么早回过家，妈妈问我有什么急事。还说爸爸去地里干活去了。八点半的时候，爸爸回来吃早餐，从我面前走过去，可能是要进灶屋洗手，突然听到爸爸喊了一声：'何得了。'眼看就要倒在地上，我冲过去抱住爸爸，问他怎么了。那个时候，爸爸已经讲不出话来了……"

我问父亲现在怎么样，大姐抹了把眼泪，哽咽着说："医生不让看，爸爸只怕闯不过这一关了……"大姐的话，听得我简直就要窒息了。稳了稳神，我要大姐和嫂子先回家去，她们一天一夜没合眼了，得休息休息，我在医院守着就行。

一个小时过去了，两个小时过去了……十多个小时过去了，医生却告诉我：父亲还没脱离危险。除了默默为父亲祈祷，除了在过道上走来走去，我还能干什么？

父亲个子不高，还不到一米六。幺姑每次讲起父亲小时候的事情，总是忍不住抹眼泪。爷爷是个技术高超的鞋匠，到处给人纳鞋挣钱维持生计。他纳布鞋又快又好，一天两双，草鞋更是了得，每天至少可以做八双，牢固且结实，是当地李大地主指定的鞋匠，每年"双抢"过后都要去李大地主家纳一个月鞋，所以在那个缺衣少食的年代，爷爷家的生活比一般山民要好一些。爷爷奶奶重男轻女，一心想要个儿子，奶奶的肚子偏偏不争气，头胎生个女的，第二胎又生个女的。家里多了两个人吃饭，爷爷压力陡增，阴黑的脸拉得好长，奶奶天天在家里念阿弥陀佛拜观音菩萨，祈祷生个儿子。可是，第三胎下来却是一对双胞胎女儿。这对双胞胎被溺死在马桶里……奶奶怀上第四胎时，肚子尖尖的，大家都说是个男孩，奶奶又惊又喜，把全部希望寄托在这个孩子身上。那年除夕，家家户户贴对联放鞭炮的时候，这个婴儿呱呱落地了。然而，依旧是个女孩子。奶奶朝天大喊："天哪，我前世造了什么孽？为什么这样折磨我！"爷爷也已经濒临崩溃。大过年的，爷爷阴沉着脸说："命中注定了的，带着吧！"奶奶边哭边把奶头塞进婴儿嘴里……过了两年，奶奶又怀孕了，肚子一边大一边小，山村那个有经验的接生婆说怀的是儿子，奶奶又高兴又担心，生怕又是空欢喜一场。终于等到了瓜熟蒂落的时候，老天终于开眼了，胖瘦不同的一对双胞胎男婴出生了，哥哥有五斤多，脸蛋圆圆、生龙活虎的，很讨人喜欢；那个双胞胎里的弟弟就是我的父亲，当时只有二斤重，严重营养不良，他的双眼紧闭，不会哭喊，难看得像个小老头。总算有了儿子的爷爷奶奶欢天喜地。为了让大家能够填饱肚子，爷爷每天都要去河里捞鱼虾、上山挖野菜扯茅草根，一同倒入铁锅用清水煮熟，美其名曰"合菜"，希望能够这样挺过饥荒。这些东西连奶奶自己都吃不饱，又能有多少奶水呢？两个儿子饿得哇哇直叫。万般无奈之下，奶奶只有遵循自然法则——优胜劣汰，让两个孩子自己抢奶吃，抢得过的多吃点，抢不过的少吃点。父亲那么瘦小，怎么抢得赢？父亲咬着已经没有半点奶水的乳房，哭得死去活来。奶奶见了直掉眼泪，只好熬点稀米糊喂点糖开水。父亲饿得奄奄一息，爷爷奶奶以为父亲熬不过去，没想到他竟然奇迹般地活了下来。

日军入侵那年，奶奶背着父亲牵着其他孩子往山上躲，经过屋后的那丘庄稼地时，父亲的哥哥踩到了一些脏东西，一天后脚开始发痒直到溃烂。大家躲在山洞里，没有医生，没有药物，就连消毒用品都没有，大家也不敢下山，唯有眼睁睁看着这个孩子被毒疮折磨致死。爷爷奶奶悲痛欲绝，奶奶将父亲紧紧地搂在怀里，哭着说："你一定要好好活着……"

从此，父亲被爷爷奶奶视若珍宝，有什么好吃的，一定先给父亲，晚上也要带在身边睡，尽管奶奶后来又生了一个男孩，但父亲的这份特殊待遇从没变过。

那时候，山上能吃的东西都被吃光了，只有河里的鱼、虾、蟹还比较多。为了给父亲调理身体，不管刮风还是下雨，爷爷都要去河里捕鱼捞虾。河里甲鱼也多，只是很难捉到，但爷爷会识水路，甲鱼从哪里爬过，藏在哪里，他一眼就看得出来。爷爷每周抓一只大甲鱼回家，小的就放生。父亲身体慢慢好了起来，人也越来越聪明，尽管个子比同龄人矮小，读书却很厉害。初中毕业后，父亲就参加了工作。父亲的毛笔字写得非常漂亮，他自学法律，成了当地有名的土律师，经常帮山民免费打官司。父亲还自学了财会知识。他本来可以去当副县长的，为了照顾家人，他却回家当了一名村干部。

父亲正直廉洁，家教也很严。他要求我们吃饭时要安静端坐，饭不离桌，筷不敲桌，筷不插碗，菜只能夹自己坐的方位这边的等等。若有违反，轻则挨骂，重则取消吃饭资格。我小时很调皮，有一次，好不容易有点猪肉汤喝，我一高兴，忘了家规，将汤喝得呼呼响，父亲批评我像猪吃食一样，直接把我赶离了饭桌。挨罚次数多了，我觉得委屈，对父亲的怨恨慢慢多了起来。每当父亲不让我吃饭，我就跑去偷别人地里的东西吃，红薯、土豆、黄瓜、甜高粱、花生等等，只要能吃的都偷。父亲被我气坏了，要动手打我，我只好能逃则逃。母亲有一次看不下去，劝父亲饶我一回，父亲却说："现在是毛贼，还不管教，长大了不是强盗就是大贼!"父亲起先用竹枝打我，这种打法很痛但不伤筋骨，过几天就好了。我好了伤疤忘了痛，再犯，父亲就觉得不下重手不起作用，改用扁担打。他专门为我削了一条竹扁担和一条木扁担藏于堂屋门后，接到投诉就扁担伺候，有时候扁担都差点儿被他打断了。

后来，山村实行分山到户，各家各户都分到一片竹林。山民本来穷困潦倒，现在终于可以靠山吃山了。为了填饱肚子，很多人把自家分到的竹子全部砍了卖钱，几个月后，葱郁的竹山大多变成光秃秃的荒山。父亲看了很心痛，说那些人寅吃卯粮，说他们都是鼠目寸光的败家子。父亲专门召开家庭会议，不许我们砍伐竹子。为此，父亲还特地去供销社买了一支黑软笔，上山把最大最长的种竹编排号码，从“1”编到“100”，对自家地盘实行封山育林。村里有人卖完自家的竹子后，半夜跑到我家竹山偷竹子，父亲就派我们兄弟姊妹轮流看山。没想到防不胜防，一个月工夫，十多根竹子被人偷走。我觉得父亲既没有经济头脑，又不识时务，家里吃了上顿没下顿，都穷成这样了，有现成的竹子还不知道卖了换粮。于是找父亲理论，没想到被他训了一顿。我认定父亲是死脑筋，轮到我看山时，就把那根“1”号种竹偷偷砍了卖了。父亲巡山知道后，只是责怪我偷懒贪睡，并没怀疑是我作的案。第二次，我把“2”号种竹也砍了卖了，父亲骂了我一通走了。当我去砍了“3”号种竹的时候，被父亲暗地里派来监督我的村看山员“小缺子”发现了。父亲被我这种监守自盗的行为差点儿气疯了，他铁青着脸横坐堂屋等我回去挨扁担。

那天放学后，我因为身上有钱，没有及时回家，先吃了根老冰棒，再去河里游了泳，这才蹦蹦跳跳回家去。我快走到家门口时，父亲悄悄从门后取出扁担，二姐看见了，大喊：“弟弟，快跑！”我反应很快，父亲的扁担没来得及落到我身上，我沿着马路一口气跑了四五里路，到了区粮店门前。我想应该不会追来了，停下回头一看，父亲举着扁担边跑边骂赶了过来，大有不打死我不罢休的气势。我跳上田埂朝着河的方向一路狂奔，父亲被我远远甩在了身后……

这一夜，我不敢回家，夜深人静时，偷偷溜到猪栏房隔子上面的干稻草丛里睡觉。猪栏房里黑黢黢的，下面是猪的鼾声，我竟睡得特别香。第二天醒来也不敢去上学，怕父亲追到学校去。早上，母亲来喂猪，我小声喊：“妈妈，我在这儿呢！”母亲听了非常高兴，叫我这几天就待在这里，也别去上学了，等父亲气消了再说，她会让二姐送饭来。就这样，我在猪栏里住了三天三夜。

父亲也有对我好的时候。

我读小学四年级时，二姐上五年级，妹妹上二年级。父亲那次在学校主持召开村“双抢”工作会议，中午在学校吃饭。下午第一节课上了一半的时候，班主任老师叫我，说父亲要我下去吃饭。父亲用大菜碗盛了满满一碗饭，又往饭里舀了两大勺猪肉汤，夹了两大坨间肥带瘦的猪肉递给我，脸上竟然还带着笑。那年头，我家只有过年才有肉吃，每人只能分到两小块，我又特别贪吃，总感觉还没尝到味就没了。那一刻，我大口大口地吃着香喷喷的饭菜，觉得父亲真是世上对我最好的人。

那年中考，我差了三分，没考上。堂叔刚好在高中教书。那时每个老师都可以带一个未上分数线的学生入读。母亲便要父亲找堂叔帮忙，被父亲拒绝，说：“考不上就莫读了，我丢不起这人!”很少反对父亲的母亲这次不从了，大声说：“六个孩子总要送一个出去吧？都没文化，别人要戳脊梁骨的!”父亲说：“不是还有两个小的吗?”母亲生气了：“小的？万一小的成绩还没有这个好呢?”父亲听了更生气：“就你乌鸦嘴!反正我不去，要去你去!”母亲没办法，便拉着我上街买了一瓶白酒、一条草鱼和两包白砂糖去学校找堂叔。堂叔简单了解我的情况后说，应该没多大问题，要我们回去等通知，并把东西退给了母亲。母亲高兴地拉着我走了，路上还对我说：“崽呀，你要发狠读书！有出息了要报答堂叔!”

没想到开学前一天，我还没有接到通知，求母亲去问。母亲笑着说：“猴急什么，你明天直接去找堂叔报名就好了。”我说没通知不行。下午两点，母亲红着眼回来了，唉声叹气地告诉我，堂叔帮了镇财政所所长的儿子。我看着母亲失望的眼神，心里特别难受，好后悔没有发奋学习。母亲安慰我说：“别担心，东边不亮西边亮，我再去找关系。”

母亲听八叔说有个同学在新邵三中当校长，且与我家是同族，应该没问题。八叔答应母亲，带着我来到三中，可校长并不像八叔说的那么热情。校长面无表情地说：你们来迟了，学校已经招满了。我耷拉着头回到家里。母亲哭着说："什么狗屁宗亲……"我不敢哼声，恨不得在地上找条缝钻进去。父亲却冲着母亲"哼"了一声，说："屙屎不出怪茅司！""啪"一声，父亲摔门而去。

过了几分钟，父亲回来了。对我说："还愣着干什么？放牛去。"我不敢反抗，心灰意冷地牵牛往河边走，过马路时，一个兴高采烈的声音在喊我："你怎么还不去报名？"回头一看，原来是谭同学背着一个大包经过。我把实情告诉她。她说："要不去隆回三中读书吧？我舅在那儿教书，我要他帮你。"我没抱多大希望，苦笑着说："都开学了，不行了。"

"我去试试，你等消息。"谭同学说完就走了。

三天过去了，没有盼到她来，我死心了，告诉父母我打算去深圳打工。这天一大早，谭同学来了，通知我去上学。原来，她去求舅舅，舅舅又去找了教导主任，被教导主任训了回去："你懂不懂规矩，已经介绍了一个，开学了，还要介绍一个，你觉得能行吗？"谭同学不死心，央求舅舅："教导主任不行您去找校长嘛！"舅舅不肯去，生气了："你以为校长是我家的？"谭同学没辙，把课本往地上一丢，说："您不帮我这个同学，我也不读了！"说完，哭着跑出了校园。舅舅没办法，这才厚着脸皮去找校长，校长敬重舅舅是一位德高望重的老教师，竟一口答应了。就这样，我才得以远赴外县读书。父亲把我送到车站，告诫我："日后凡事靠自己！"

……

就是如此倔强的父亲，此刻却躺倒在医院里接受抢救。

医生告诉我，父亲的血栓发生在脑干部位，血管严重堵塞，不仅语言和记忆受到重创，智力下降，右半边身体失去知觉，随时有生命危险。

父亲在ICU重症室一躺就是一个多月，其间，医院几次下达病危通知。可是我除了付费，什么忙都帮不了。值得庆幸的是，父亲总算挺过来了。

父亲是被插着各种管子推进普通病房的。父亲瘦了好多，人还不是特别清醒。我问他认识我吗，他从喉咙深处挤出微弱的声音："认得。"问他叫什么名字，他说忘记了，问他哪年出生的，他回答七六年。医生要我们少打扰父亲，尽量让他平躺着，多休息，少说话。

在普通病房治疗了两个月，父亲的病情有了好转，生理机能却退化了，连最起码的走路都不会……医生通知我把父亲转入康复科，说不进行康复治疗和训练身体会萎缩，余生只有躺在床上度过了。我办理了手续，和护工一起把父亲抱上轮椅，推进了康复科。

父亲康复的速度之快，医生都感到惊讶，一个月后，父亲会拄着拐杖走路了，虽步履蹒跚，却一点儿也不乱套。每次带他从医院外散步回来上那几级台阶，我去搀扶时，都会被他拒绝。他一步一步挪动着双脚，拄着拐杖，坚持自己走完台阶。

走完台阶的父亲，会很骄傲地看着我笑，好像对我说："怎么样？我还是那么厉害吧？"

我对父亲竖起了大拇指。

父亲可能不知道，在我的心里，他一直都是这么的"厉害"……

思恋母亲

十年来，我一直在外漂泊着、孤独着，很少回到故乡，很少见到父母，作为他们的儿子，我对他们抱有深情，也一直无法割舍我和故乡一切的感情联系。

——作者题记

每次想到母亲，我的心口就隐隐作痛。母亲的一生给予我的太多了，而我孝敬母亲的却太少了。当夜深人静，我躺在床上睡不着的时候，眼前便会浮现千里之外母亲的身影。

我常想起幼年时母亲在昏暗的煤油灯下为我们六兄妹织补衣服的姿态，她用买来的粗布为哥姐缝做新衣，然后把哥姐已不合身的衣服拆了改成我和弟妹的新衣。她永不疲倦地织着黎明与黄昏，织着对儿女们的一腔情愫。当她为儿女的身上添上几许温馨和光彩时，她那疲惫的脸上也绽放出一朵苦涩的微笑。

我也常记起年少时母亲在烈日炎炎似火烧的黄土地里劳作的情景。她佝偻着身躯，全身的衣服被汗水浸透。她俯身土地，十分投入地侍弄着一棵棵禾苗。她大口大口地饮着自带的竹罐茶水，茶水和汗水一齐滴落在禾苗上，好像很多小精灵在跳舞。于是，禾苗开花了，结果了，那每一缕纤维，无不倾注着母亲的汗水和艰辛。母亲一生没有惊天动地的壮举，只有平淡、琐碎的家务劳作：灶旁晨炊、河畔洗衣、菜地浇水、傍晚缝织……

最使我难忘的是“母子分别”那幕人生短剧。我第二天要远赴西北军营了，乐得像个孩子，而母亲却偷偷地哭了。有道是“儿行千里母担忧”啊！在灯下，母亲连夜为我打点行装。她听说西北寒冷，为我裹进厚衣服，准备食物，也裹进了她那颗疼爱儿子的慈母心。我穿着母亲为我飞针走线做的布鞋，虽未踏出锦绣前程，却也踏平了人生的许多坎坷，踏出了一条属于自己的人生之路。树木的繁茂归功于大地的养育，我的成长归功于父母的辛劳。当年幼稚的我，一无所有地面对外面的精彩世界，心里藏满不解之惑。我凭着母亲给我的坚强和勤劳，努力寻找未知的答案。但无论经历多少艰难，获得多少成功，总不会忘记母亲，忘记不了母爱这用心点亮我前行的航标。

今天，母亲年事已高，身体已没有先前那么壮实了，身躯已见佝偻，头上添了白发，手上老皮松弛，青筋暴出，脸上也布满了皱纹。我深知这是岁月的潮汐在母亲身上留下的记忆。这是母亲将生命与热血交给儿女们的印证。我想起这些，心里就会难过，禁不住潸然泪下，失声痛哭。儿女是母亲生命的延续，这使我在任何地方、任何时候都不忍浪费自己的时间、精力和钱财，否则，我愧对母亲。

我已年届不惑。越是走向岁月的深处，越是漂泊至远，我便越是思恋母亲。也许是经历了人生的许多酸甜苦辣的缘故，才对“母亲”的含义多了一层理解，才更会触类旁通，对自己不敢有丝毫的懈怠，才更敬恋母亲。

我赞美我的母亲，赞美她给予我的爱。

我同样赞美如我母亲一样的天下所有母亲，所有的母爱。

探望母亲

父亲来电说母亲又病了，吃药也没用，咳嗽三个多月了。我心一紧，连忙开车赶回老家看望母亲，大雨瓢泼的早上来到病榻边。白发苍苍、病体恹恹的母亲见到我很是惊喜，挪动身子想坐起来，终因体力不支未能如愿，便伸出枯瘦无力的手握住我，咳嗽着说："没必要老远赶回来，只是小病而已，没事的。"我空白的脑海中升腾起一种没有多陪老母的不孝感，负疚地说："病成这样了，还没事。"

母亲的体弱多病已是多年的老问题了。记得小时候，父亲在外地工作，母亲既要抚养我们六个兄弟姊妹，操持家务，还要到生产队里赚工分，一直没有机会好好诊治一下，病了就拖，即使住院，也总是能挺则挺，匆匆出院，一方面因为没钱，另一方面因为忙。到现在儿女有能力的时候，她的病已成综合性顽疾，身体更是弱得不胜药力了。我找医生想用最好的药，医生对我说，你母亲的脉那么弱，不能凉，不能热，更不能补，只能慢慢用药调理。我听着手足无措。

以前，母亲体质虽弱，精神却异常饱满，跑前跑后地张罗，什么事都抢着操持，从来不知疲倦。她从来不舍得打骂孩子，即使是对最调皮老犯错的我也是爱护有加。1985年春天，政府给农民分竹山，看到竹子一下子变成私有财产，农民一边灿烂地笑，一边把分到自家山上的竹子悉数砍了卖钱。而我父亲执意要留青山，不准砍伐。我眼睁睁地看到自家竹山周围全变成荒山后，一些村民半夜又来偷伐我家的竹子，气不过，也砍了一根去卖。被父亲抄着扁担不分轻重地打起来，这时，母亲挺身而出。现在想来，若没有母亲的庇护，我可能要被打惨了。

父亲辞掉工作回到山村后，母亲的负担要轻一些，但依旧贫困。由于没钱，哥哥姐姐初中未毕业就相继辍学。轮到我时，父亲跟母亲说："初中毕业后也退了吧，把机会留给两个小的。"母亲这次不从了，虽然穷困，却不乏山里人的坚强，她觉得不能让孩子全都窝在山里，一定要让其中一个有出息，走出穷山冲，因为我的成绩尚好，于是全力支持我。看到父亲面露难色，母亲咬着牙说："再辛苦也要让他上学！"自此，母亲更加起早贪黑地干活，努力赚钱，她用负荷沉重的脊梁支撑着我的学业，用体魄和精神激励、滋养着我负笈前行。

后来，我终于走出山村，并且把兄弟姊妹也带了出来，母亲为此很是开心和骄傲，她认为坚持送我读书是她平凡一生中所做的最了不起的一件事。只是，未享到福，身体就不支了。念及此，我的心隐隐作痛，觉得对不住母亲，想抛开一切守在母亲身边，让反哺之情在她身边时刻萦绕。

在家陪了三天，母亲的病竟神奇地好起来，她便催着我回深圳，怕影响我的事业。我执意不从。但看到她要急出病来的眼神就犹豫了，我知道母亲的性格，思来想去，只好顺着她，返程上车，回眸看见她佝偻着站在风中向我挥手，我的眼里一片晶莹。

“洋”博士背靠“母亲树”

穷山冲走出“洋”博士

“昔日山娃子，今朝洋博士。”是什么力量激励这个山里孩子负笈前行？我满怀钦佩之情采访了他。

他给人的第一感觉是身材矮小、文质彬彬。虽然身为博士，精通三国语言，却毫无傲气。

他，上着一件浅黄色的夹克，下配一条浅蓝色长裤，头发三七开，天庭饱满，脸庞白皙，架一副金边深度眼镜，眼中闪烁着智慧、信心和坚定。

他叫张文农，湖南省新邵县新田铺镇发冲村人，现为日本国立北海道大学工学博士。一个有着巨大成就的人。说起成长之道，他深有感触，娓娓而谈。

穷则思变

1966年5月26日，一个炎热夏日的夜晚，先天弱小的文农呱呱坠地了。文农的母亲何桐英又欣喜又忧虑。欣喜的是自己做母亲了，拥有孩子是女人最大的喜事。忧虑的是没有了婆婆，公爹是一个疯子，处处需要照顾；年轻而又老实本分的丈夫在离家十五公里外的小庙头林场工作，很少回来。家里很穷，没有其他亲人，除了每天到队里做工外，一大摊子事，割草、砍柴、喂猪、烧饭，都得自己做。一切的一切，本就使这个年轻的女人不胜负荷，如今又添了一个新的生命，她该怎么办？如果把身体累垮了，又如何是好？然而现实不容她多想，只有抓紧时间起早贪黑、更忍耐地做事才是出路。于是，她把小文农包得结实，捆在背上劳动，天蒙蒙亮作，日薄西山息，每天三餐饭作一顿吃。尽管如此，在队里“老实人好欺”，时不时还要受别人的气。有时候实在太累了，孤立无援，她觉得自己好命苦，很想大哭一场，一转念，又忍了、认了，一个新的夙愿在心中酝酿形成，自己命苦，一定让儿子有出息，走出山冲，去看看外面的世界。她是穷山冲的人，虽然穷困，却不乏山里人的坚强。

盼子早成龙

一转眼，小文农六岁了。家里相继又增加了两个妹妹，生活更加困顿，琐屑事明显增多。这天一大早，母亲叫醒小文农亲切地说：“文伢子，快起来，该读书了，妈妈带你去报名。”环境的影响使文农懂事很早，他用小手搓搓惺忪睡眼看着单瘦的母亲说：“我不想读书，我想天天砍柴。”

“为什么？”母亲大失所望。

“因为妈妈太累，忙不过来。”一句震撼心灵的话出自一个六岁孩子的口，母亲的眼圈霎时红了，她抱紧孩子激动地说：“你一定要听妈妈的话，去好好读书，以后家里事都不要你管，你只有一个任务——读书。”望着坚强的妈妈，小文农不作声了。他被领到了大队破旧的小学里。可是小文农由于先天弱小，后天营养不良，长得很矮小，只相当于一个营养正常的三四岁孩子的身高，学校拒绝收他。母亲着急了，一心想让儿子早上学。于是，她利用学校上课前半个小时向生产队长请假领着小文农去学校求情。一连几天，学校还是以不到上学年龄为由拒绝。这天，已是第四次了，队长大为恼火：“天天咯个时候请假，最后一次批准你！读啥子书嘛，不读书还不是一样呷饭。”可是，学校还是劝等孩子大一点再领来。母亲急哭了，哀求道：“老师，他已很懂事了，收下这个可怜的孩子吧！这次不行，我再也请不到假来了。我求你们了！”精诚所至，金石为开，学校被感动了，破例收了这个娃娃学生。

为母分忧，弄巧成拙

在学校里，文农最矮、最小，读书却异常勤奋，从不和其他同学吵架闹事，文静得像个女孩子。期末考试，他得了第一名。老师看到这样的成绩，开始对他刮目相看了；母亲知道后，心里高兴极了，特意给文农做了两个荷包蛋。

每次期末考试，小文农都稳居全班第一名。何桐英第四个孩子降生之后，忍受了一般母亲没有品尝过的苦痛，她患了奶头分裂症。奶头一被小孩吮吸就开裂，不到几天便变得快要断裂似的。她不知道这是什么病。她看见柔弱的婴儿因缺奶饿得哇哇叫，硬是咬着牙，闭着眼让孩子吮，可吮出来的何止是奶，更多的是血。她没辙了，只得做点稀米糊喂孩子。婴儿哪里吃得下稀米糊，哭得更厉害了。何桐英也忍不住哭了。丈夫！丈夫！为什么不回来呀？不回来看看你的妻子和孩子呀?！她的丈夫张学敏当然爱他的妻子，同样也爱他的孩子，可是作为一个真正的共产党员，他一心扑在工作上。哭归哭，东西还得喂。她趁孩子张口哭的时候就喂一口，再张口哭再灌一口，喂完了，婴儿的嗓子也哭哑了。自己饿着肚子、扛着锄头出工。这样的日子维持了几个月，小儿子突然又病了，送进医院时，已是奄奄一息，为了挽救这个小生命，她从自己已够虚弱的身子里输出了三次血。这段日子，用她女儿张艳现在的话说是“吃尽常人未吃过的苦，受过常人未受过的累”。她显得更单瘦，更衰老了。然而，不论在多么艰难的时候，她也从没想过要让孩子们放松学习来帮忙，女儿觉得自己成绩不如哥哥好，又看到母亲如此艰辛，主动要放弃读书，而母亲却多次“赶”她去上学。文农也很争气，成绩一直居全校第一。这一年，文农读初三，更懂事了，他看着母亲一日瘦似一日，想想母亲繁忙的劳作，他怎能熟视无睹呢？他很过意不去，好想为母亲分担些家务。可是母亲早有规定，只准读书，不准触及家务。他就说通妹妹，每天清早起床，瞒着母亲去割草、砍柴。下午、晚上，妈妈不在的时候做其他家务。文农由于每天睡眠不足，精力不充沛，加之体弱生病，期末考试，成绩一下子降到了第五名。

晴天霹雳，母亲气昏了。

她不问青红皂白，把文农一把揪在地上跪起来，拿根竹枝就打，且边哭边骂：“你气死我了，为么子咯样不争气？”小文农看着妈妈很少见的哭，知道伤母亲的心有多深，哭得也更大声了。妹妹见状，也一齐哭了起来。这样一家大小哭成一团，惹得路人以为这家出了什么大事。因为这次考试，文农在地上跪了六个小时，写了保证书。从此，他认识到只有用优秀的成绩才能为母亲分忧，不能再让她为自己的成绩差伤心了。他把自己局限在教室、家里潜心学习，发誓上大学前与电影、电视等娱乐绝缘。初三第一学期期末考试，他又登上了全校第一的宝座。

成功的背后

他永远也忘不了1979年，那年他十四岁，初三快毕业了。学校可以推荐一人读两年制中专，毕业后由国家统一分配工作。天赐良机，文农高兴极了。“要是推荐我该多好啊!”他想，“妈妈不要含辛茹苦了，妹妹也可不辍学了。”班主任老师李纪秋最初决定推荐他，可一量身高，文农才一米四，而师范学校要求被推荐的学生身高必须超过一米五。美好的梦幻被击碎了，他觉得全世界倒塌了似的，什么都没意思了，整天眼泪伴着心碎，到底不胜悲痛，一病就是好几天。母亲虽然难过，但并没因为儿子读不成中专而苦恼，也许平凡的心里早就隐藏着不平凡的心愿。她劝勉孩子：“文农，没关系的，不上中专也不一定是坏事，上高中努力学习考上重点大学不更好吗？人矮志不矮!”母亲的这番话深深地启发了他，激励了他。他觉得自己背后有母亲站着，可以更加踏实、大胆地往前闯。那年，他以优异成绩考入了县一中尖子班。

在县城上学，离家三十公里远，文农必须住校，米菜却要从家里拿。这时，母亲坚决要承担步行送米送菜的任务，不准文农回家取，她怕影响孩子学习。从新田铺至县城客车不少，车费也只要四角钱，她却舍不得花，要积攒起来给文农做费用。她知道，读书很清苦，自己再苦也不能苦了孩子。学校放暑假的时候，农村正值农忙季节，母亲却要文农留在学校多学知识，自己却忙得不可开交，累得腰酸背痛。想起这些文农的眼泪就出来了。他只有用更好的成绩来报答母亲。

由于母亲的全力支持和激励，文农从小学到大学，从山村、小镇到县城、大城市以至日本，每进入一个新的环境，发现自己落后时，就会有一股力量激发他去拼搏，使自己处于新的领先地位。他1987年以优异的成绩从华中理工大学毕业后，考取了上海工业大学研究生。1990年，攻下了硕士学位，而后受聘于中日合资企业“东京元件有限公司”，在公司里，他又以勤恳、能干赢得了总经理奥田一幸的赏识，工作一年多，便被提拔为技术课长，并被派往日本总公司进修一年。日本的先进技术，极大地触发了他去日本求学的欲望。1993年4月，他进入了日本国立北海道大学自费留学，攻读博士学位。他以惊人的毅力边打工边学习，用了不到一年的时间完成了他人花五年未获任何进展而断言解决不了的课题，令日本教授大为吃惊："中国学生就是不同！"他还提前了一年多完成了博士论文。用文农自己的话来说：我的成功是母亲用负荷沉重的脊梁撑出来的，她用体魄和精神一直激励、滋养着我前行。

明天会更好

听张博士讲完，我很想见一见这位平凡而伟大的母亲。

这位母亲五十多岁，脸上布满了皱纹，从那双略带忧郁的眼睛里可以看出生活给予过她太多的苦难，但依旧坚强。

我请求这位母亲讲几句，她表现得很平静。是呵！一个坚强的人是不会轻易激动的。她说："我很普通，所做的也是做母亲的都能做到也应该做的事情，只不过我那时实在太穷，我极力培养文农是希望下一代好一些。"

采访归来，天空正雨润烟浓，但我的心空却晴朗万里，因为我坚信：明天会更好！

炊烟牵出的乡情

已是四十多岁的人了，越来越健忘，好多事情都不记得，唯独忘不了故乡袅袅升起的炊烟。

小时候在故乡龙溪河边，和光屁股小脚丫的伙伴们放牛游泳，捞鱼摸蟹，总要搞骑牛比赛，谁骑得最快最稳，谁就当头；也总要牵出各自的牛让他们触架，谁触赢了，谁的牛就是“牛大王”。为此总是有比不完的赛，打不完的架，或扯破了补疤短裤，或拉掉了衬衣扣子。一会儿哭，一会儿又破涕为笑，和好如初，继续玩着那些总也玩不腻的游戏。而这时谁喊一声：“‘前尾巴’屋里烟囱冒烟啦，回家吃饭啰。”于是跨上牛背，将军似的凯旋。

这时晚霞将天空涂成绯红。农家小舍上乳白色的炊烟袅袅升起，霞光中的村庄和我家的人桃树显得宁静而安详。

过一会儿便热闹了，系着围裙的母亲们“回家吃饭啦!”的喊声随着炊烟飘起来，成了故乡的声息与呼吸……

于是田埂上便多了几个背锹掮犁的农人，并把粗犷质朴的民歌飘进女人的心里。

穷人的孩子早当家。一到农忙季节，我们这些“小不点”便成了不可少的后勤部队。打草喂猪，烧火做饭便是我们入学后的本职工作。

有天农忙放学后，我和同伴维呆子到学校附近山里采桑葚吃，不小心掉下树来摔伤了腿，疼得直哭，想到饭也做不成，草又不能打，回家肯定要挨骂，愈发大哭起来。维呆子回家报信，一会儿二姐来了，二姐背了我回去。快到家时看见烟囱里的白烟袅袅升起，心中不禁有一丝暖意一丝害怕，进屋后忐忑不安地瞅着父母。出乎意料，母亲慈祥地看着我，问腿是否摔伤了，父亲也拿来酒给我“拔火罐”。然后母亲端上了热气腾腾的饭给我吃，母亲说，可别再贪玩了，小心又摔伤了胳膊，将来受一辈子苦。我含着一满口饭点了点头，那一顿饭我吃得特别香。

来深圳后，我离开了四面环山的故乡和含辛茹苦的父母，以及屋顶上柴草灶火化成的冉冉升起的云朵……

在异乡漂泊，每每在人的潮汐车的河流中踽踽而行，我就备感冷清和孤独。然而，当心中升起袅袅的炊烟时，我疲惫干涸的身心便又注满爱的清泉。

城管八叔

李样时是我八叔，今年五十九岁，个子不高，身材瘦削，在湖南老家的镇上当一名城管。老家属山区，盛产山货。山民经常担着山货在镇上那条唯一的街道叫卖。街道不宽，仅容两辆车交会，一到赶场，就被山货摆得交通堵塞。这时候就需城管执法疏通。山民不怎么懂法，觉得只要不偷不抢，自己种的东西摆哪里都是自由的，谁都管不着，就与城管拗上了，经常发生“秀才碰到兵，有理说不清”之事。城管开始规劝，山民根本不吃这一套，没用。城管就认为“三句好话当不了一马棒”，就要行使权力，执行没收。山民急眼，于是就发生相互推搡，然后肢体冲突，报警，最终是山民吃亏。所以在小镇上，山民最恨城管。

八叔以前其实是个土农民，喜欢看书，特别爱琢磨《三国演义》；由于机灵好学，头脑好使，又极能吃苦，善于艰苦奋斗。他不但娶了个聪明漂亮的媳妇，还弄了个国家粮吃。这在山村是个奇迹。好多人羡慕得要死，不知道他怎么做到的，我也恁是想不出个所以然来。可能因为他的特征吧，这也是一种优势。

八叔最开始在镇上的农机站上班，撤区并乡后，农机站被精减了。他就分到种子公司上班。2016年，种子公司也撤销了，镇里才安排他搞城管。

八叔当城管干劲十足，热情似火。他到城管队第一天就誓言干好工作，值好每一班岗。根本就没想过城管工作之于山区的特殊性和艰巨性。因为缺乏培训和交流，认识不足，开始工作困难重重，力不从心。

2017年6月3日上午，队长张卫红接到投诉，街道的桥上有人卖猪肉，阻碍交通，叫八叔去处理。

山镇不大，人都基本认识。八叔一看是周屠夫，就轻言细语劝说："老周，卖肉现在划有专门市场的，去肉市场卖吧。"周屠夫抬头见是八叔，笑着说："咯里人多，好卖，一下子就会卖完了，卖完我就走。"八叔态度坚决地说："不行，挡住马路了嘛，人家的车怎么过？"周屠夫听了，把刀往砧板上一斫，蛮不讲理："我就要在咯里卖，怎么的，你叫镇委书记过来也没用。有本事你把我的肉拿走吧！"八叔一听，也来气了，说："那我拿了？"屠夫抄起一把尖刀，厉声说："谁拿我的肉我就捅谁，我这把刀猪也杀人也杀！"气氛骤然紧张，旁观的人都为八叔捏一把汗。八叔竟然不怕，对屠夫说："我俩无冤无仇，你怎么咯样讲？"屠夫伸出手指在八叔右脸上猛地戳了一下，吼道："滚，再在咯里啰唆，我就把肉摆在城管岗亭前卖。"八叔没辙了，只好报警处理。屠夫从派出所出来后，不但没有得到教育，还一根筋地认为是八叔在故意为难他，气更大，要找八叔算账。当天没有找到八叔，第二天一大早真的把肉摆在了城管队岗亭前卖。城管又报警，派出所就把屠夫拘留了七天了事。

这事对八叔的打击颇大，觉得自己很失败。他开始反省，认为山区城管执法处于管理链条的末端环节，不能以权压人，自己缺乏管理专业知识和技巧，缺乏协调沟通能力和服务意识。为了从根本上解决问题，他开始潜心研究学习，认为城管是为山区老百姓服务的，只能从服务着手实现法治和效率的双赢。

从此，八叔变了，以更加谦和的形象服务山镇，当热心人，当帮手，当清洁工。他经常帮人特别是老人干活。春天扫花，夏天扫水，秋天扫叶，冬天扫雪。深得老百姓好评。2017年11月28日，一场大雨把街道冲刷得龌龊不堪。八叔上班打完卡就开始洒扫，污浊的水沾在衣服上也浑然不顾。其他城管队员见了，也自发参加洒扫，全体城管队员都加入了。他们从早上九点一直打扫、冲洗到晚上十一点才结束。尽管个个累得腰酸背痛，但没有一个人叫苦。

金杯、银杯，当不了老百姓的口碑。八叔的善举越来越多，形象也越来越好了，在山镇，大家都说八叔是个好城管。

枣之忆

二十多年没吃过二姑父的枣子了，想想就馋。

二姑父名叫彭育书，住在老家太名山腰上，由于山高路险，至今未通车。他离我家有十里山路。从我家往南，有一条龙溪河，我们一群山娃子经常在那里放牛，去河里摸小鱼小蟹。过了河就是山，陡峭山路向高山深处伸去。小时候我有严重的支气管炎，爬了一会儿就喘不过气来，得停下来休息一阵。但为了枣子，我什么也不怕。走过草木茂密的山路，就看到二姑父那栋矮矮的泥土房子，房子右边两百米就是那两棵枣树。树身很高，长得茂盛。两棵树相距很近，枝叶交错，给树下留出了一块太阳晒不到的空地，阳光穿过交错的枝叶，洒下一地硬币大小的光斑，犹如一地诱人的甜枣。

记得小时候，每年等不到枣子成熟，我就吸着鼻涕，喘着粗气隔三岔五往枣树下跑。“嗖”的一下上了树，净找最大的往口里送。有时吃得过急，就“囫囵吞枣”，连核也吞下去。吃好了，还不忘把四个口袋装满才下树。

二姑父六十多岁，背微驼，喝点酒后话也讲不清了。漂亮的二姑本来是他哥哥的老婆。他哥哥二十二岁就当了团长，结婚后，夫妻二人骑着高头大马风风光光回家过门，在家附近被土匪绑票了。他哥哥被倒挂着灌辣椒水逼钱财时活活灌死。后来二姑就跟了他。我不关心这些，只关心二姑父对我好，用竹竿帮我打枣子吃；看我喘得厉害，他还专门去山顶绝壁上采岩鹰草来帮我治支气管炎。

由于附近山里的孩子老是光顾二姑父的两棵枣树，所以一有空，他就经常坐在枣树不远处捉“贼”。有时叫我留下来帮他，我觉得好玩，欣然应允。我们蹲在不远处的柴草丛里。不一会儿，来了三个十来岁的小孩远远地用弹弓和石子往枣树上砸，随后就听到“砰！砰！”枣子落地的声音。小孩子跑到树下捡，二姑父跳出来边骂边拿着竹枝往小孩子背和屁股上乱打，打得小孩子“哇哇”乱叫，慌不择路地逃跑，跑开后开始向二姑父骂野话，他就去追。二姑父追不上小孩，被惹得干生气，我看到了就在一旁哧哧偷笑……

后来，我长大当兵了，离开故乡的前一天晚上，二姑父颤颤巍巍跨进我家，从怀里掏出一包用破布包着的红枣，连声对我说：“你要到远地发展了，没啥好送的，知道你喜欢吃枣子，特意上树挑了一些大的红的，你带在路上吃。”望着那包枣子，颗粒饱满，垂涎欲滴。我不知道说什么好，感动得眼眶一片湿润，死活留他吃了晚饭再走。

那时家里穷，晚饭虽然很简单，但气氛很融洽。我再三嘱咐二姑父注意身体，莫太劳累。他笑着要我放心，说身体硬朗得很，只是担心我的支气管炎还没脱体，西北又冷，听说冬天零下三十多度，怕我顶不住。一再叮嘱我不要吃生冷麻辣的食物，怕我忘了，又拿笔和纸写上不能吃的食品清单。母亲告诉他部队是吃大锅饭的，由不得伢子。二姑父“哦”了一声说：“还是带上吧，或许有用。”

到部队第二年，我收到父亲一封信，说二姑父下山赶集，过麻冲时，不知道那里有人修山路放炮，一颗石子径直飞过来砸向他的左耳，把耳朵齐根削掉了，流了好多血，在医院躺着呢。我很难过，又帮不上什么忙，连忙回信要父亲多买些干红枣给二姑父补补血，让他早日康复。

三年后，我从部队回来探亲，想着去吃二姑父的枣子。母亲告诉我，去年二姑父身体不好，中了邪气，巫婆说是枣子精害的，把枣树砍了。山村还这么愚昧，我有些伤心，问：“砍了就好了?”母亲说：“没咧！现在病更重了，他又不讲卫生，沉疴难医，活不长了。”我好一阵唏嘘长叹。

乡音，最好的介绍信

父亲常拿这个故事警示我：有个在深圳闯世界发了财的青年衣锦还乡，无奈家乡贫瘠的土地上仍没有通车，他只好下车步行。快到村口时，见一戴着草帽的老农正在田里弓腰背对着他忙活，出于炫耀心理，他就拿腔拿调地用普通话询问老农："你这地里红秆绿叶开白花的是啥东西呀?"

老农闻言，先是一怔，随后抡起大巴掌直往青年的屁股上打，打得他一阵叫唤。这一叫唤就露出地道的乡音："哎哟！荞麦地里打死人啰!"

听见这乡音，老农才住手并发话："你还会说乡音？你还认得这叫荞麦？你刚才不是还问红秆绿叶开白花的是啥东西吗？我看你才是傻东西呢!"

原来打人者和挨打者是一对父子。青年的老父就是根据儿子的问话中所含的乡音——哪怕儿子是操着普通话，来判断对方就是本地人，进而听出是自己儿子的。

小伙子讲普通话并无不是。我们姑且不论其父要儿子说乡音是否太过固执，其子回乡是否也应入乡随俗，但从这则故事中倒引出了乡音难改的结论来。

前不久，我去北京旅游时就餐，选了一家小餐馆。我用普通话向服务员询问菜价，服务员也同样以普通话作答。在这简短的对话中，尽管双方讲的都是普通话，但双方都听出对方的湖南乡音成分。于是双方进一步交谈，从大的地名逐步缩小到小的地名，原来我们是地地道道的同乡人。

对我来说，走南闯北十多年，在外地碰上老乡备感亲切，却并不会特别惊喜，而年仅十九岁的那位服务员则不同。

她听出我的乡音，进而证实确是老乡后兴奋不已，牵着我的手说她也姓李，名字像一个男孩。她出来打工不到一年，十分想家。今天正好是十九岁生日，原来打算回家乡过生日，只因老板不准假和往返花销太大而未能如愿，想不到生日却遇上了老乡。

乡音是永恒的印记。一个人在一个地方出生、长大，其乡音已渗入骨髓。尔后哪怕浪迹天涯，哪怕刻意改变，乡音总会在不经意间流露。

乡音是最好的介绍信。对于两个身在异乡的人来说，浓浓的乡音格外令人亲切，亲不亲故乡人，亲不亲故乡音，在这里乡音就是知音。尽管也有外地人能将某地的乡音模仿得惟妙惟肖，但与真正地道的乡音总有一墙之隔。

“少小离家老大回，乡音无改鬓毛衰。”乡音是根之所在，故乡人衡量一个游子是否忘了故乡，是否忘本的首要标准，就是听其乡音还留存了多少。

留一份牵挂给家园

来城市多年，还要长久留驻，然而心目中的家园，是那一处零落的荒村。

城市一角，我住在一栋高楼上，常常会手扶栏杆，听市井喧哗，看熙熙攘攘匆匆奔忙的行人。目光所及，无非秋水长天、夕阳落照和自由自在的鸟迹帆影。而所有这一切，都勾起我回首那种流浪在外、离乡背井的感觉。是啊，在城市一角浪迹成家，总还仿佛在飘，没有落地生根。而远山一隅的老家，才是心灵的家园。

这种感觉无法说清。有时候具体，有时候虚幻，有时候简单，有时候复杂，剪不断理还乱，清晰又纷繁，牵连又缠绕。枯藤老树，小桥流水，古道西风以及昏鸦瘦马，夕阳人家，美丽而苍凉，那是马致远心中的家园。放眼望去，仿佛处处是家又处处非家。唯一不容置疑的，是自己永远地做着漫漫天涯路上的断肠人。

家园，是一种玄妙的抽象。它是洋洋洒洒的诗句，是默默无语的思念；是一枕噙泪的梦，是一曲温柔的歌；是菊花绽东篱，是竹影过南墙；是藤蔓倚树，是斜月临窗；是望远，是看天，是甜蜜，是酸涩；是哭，是笑。

游子寄出的沉甸甸的信札是家园，老家捎来的普普通通的蔬果是家园；是窗外树荫里的揪心蝉鸣；是压在玻璃板下的老屋照片；是离别时送行的脚步；是天冷时的一件毛衣；是阳光透过的树林；是炊烟笼罩的山村；是一口井水；是一句乡音；是田垄，是花茎，是雨又是风。

我有时候会冷不丁地回归家园，在花开的时候，在叶落的时候，在酷暑盛夏，在料峭寒冬，在四季里每一个乡情四漫的时刻。没有计划，没有规律，回家的事情不需要酝酿也不需要斟酌，套上外衣就可以匆匆上路。远方的家园，总让你一旦想起就会抛开一切飞奔而去。

家园很荒凉，很苍老，几间瓦房几处石坝，几株果树几丛竹林，还有几扇断壁，几段篱笆，几阵狗吠，几声鸡啼。云彩时薄时厚，飞鸟时高时低，倒是庄稼一片葱郁，静静地在田垄上摇曳，昭示着丰收在望的秋天。夕阳切破玫瑰色的晚霞而去的时候，我真想对着忙碌的人们叫道：你们快看，看那夕阳！可是没人在意，回答我的只是唱晚的牛铃和乡亲们归家的背影。

从家园带走的不管是什么，都是温馨的，不管轻还是重，珍贵还是普通，都是心中无法割舍的记忆。

留一份牵挂给家园吧。也许忧伤痛苦，也许幸福美丽。

寂静之声

在深圳近廿年，我的内心深处总怀有对故乡挥之不去的情愫。每年春天，我总要抽时间回故乡小住。

故乡是湖南龙溪河北边的一个普通山村，那里四面绕山，最高的山峰有1200多米。回故乡小住的日子里，我常常伫立山顶远眺。小河如带，山峦起伏，炊烟袅袅，这些常人眼里的寻常风景，却总是让我深深沉醉。

小小村庄弥漫着一种遗世独立的宁静，耳边除了雏鸟轻轻的叫唤和田垄里传来的犁耙水响，偶尔也飘来几声春燕的呢喃。到了夜晚，满天星光笼罩着寂静的田野和山村，蛙鼓如潮水般一波波撞击着我的浅梦。正是这些寂静之声使我仿佛回到孩提时代，安卧在妈妈温暖柔软的怀抱。那是怎样的一种平静和安详！没有牵挂，没有心悸，犹如一首谣曲，犹如一个童话，负重的肩在这里松弛，疲惫的心在这里安歇。

屋前的田依旧是田绿水丰， 耕田打耙，栽秧割谷也依旧是乡亲们恒久不变的主题，可在我的眼里，乡亲们劳作早已不再是为了一日三餐，他们劳作是因为他们是土地的一部分，他们劳作是因为他们从中找到了快乐。你看那汉子挑着山一样的担子却脚下生风，耍杂技似的把“两座山”在肩上荡来荡去，让人看了不禁心痒也想试试；那栽秧的小妹妹，口里哼着小曲，在欢快的节奏里舞出大片大片的绿来；最让人羡慕的是犁地的老者，当在田头歇息时，眯着眼睛享用老伴烫来的老酒，正品咂出岁月的醇厚……

走在故乡的田垄，迎着乡人亲切的目光，我的心早已融化。我知道，我的身体虽早已游离于故乡的山水之外，我却分明要触摸故土，让灵魂和故土融为一体。

新年，踏歌而来

最后的冬天已远走他乡，春风为新年铺开一条锦绣大道。青天可做证：沧桑驮着岁月而去，春光踏着歌声而来。

于阳光和煦中，我们聆听新年的钟声，泛起春天的颜色，谁的微笑喜上眉梢？谁的理想在晨光中悄悄地抽芽？谁的憧憬在晚霞里静静地开花？

在新年，谁能领悟——一粒种子的萌芽，是另一颗心的搏动。那默默注视着我眸子的，是早春的阳光。新年的快乐从一棵古朴的树开始，春天的到来使它们青翠欲滴。

而吉祥的鸟语，使树上的鸟巢蓬荜生辉。它们的翅膀展开，就是一片葱茏的歌。

谁把最后一片春寒从树上抖落，用返青的手势，向阳光招揽梦寐以求的欣喜。

新年，每一朵花的姿势，都是一种歌声，昭示平安和快乐！

翘首而望，站在新年巡视春天的依然是燕。

风中斜弋的燕子，我们早就祈望你的归来，祈望你在新的岁月引吭高歌，当复苏的种子发出萌动的渴望；当含苞的蓓蕾摇响绽放的呼唤；当钻出地皮的小草举起嫩绿的信念。然后，以阳光的语言嘘寒问暖，让他们感觉春天是多么的温暖！

善良而多思的歌者，你感到新年的乐了吗？

当它化为一种声音，你触摸到它不可抗拒的跫音了吗？当它含蓄成一首诗或一副春联，你把握到它充满激情的脉搏了吗？

我善良而多思的歌者呵！你只有置身其中，才能与它的魂灵融为一体。你的歌才会在春天里意味深长，胜过世上所有的音乐。

回家过年

离过年尚远，岳母就打电话问妻子什么时候回家。本来妻子打算跟我回湖南老家的，被她妈妈这几句盼儿的呼声一感染，心里彻底改变念头，和我商量分开行动：我开车回湖南，她带孩子坐飞机回四川，把她们送上飞机后我就可以走了。我理解妻子对亲人的思念，同意了她的想法。

于是开始紧张忙乱地盘算确定各自回程的日期，再列好两家人的礼品清单，然后利用一个下午，一家人一头扎进一家物品齐全的年货市场，大包小裹一揽子买下，买的不只是年货，还有那种储存心里的过年气氛。

出发那天，我开车把妻儿送到机场，在候机厅，全部是回家的四川人，乡音绕耳，一下子把四川拉到我眼前，马上想起去年在四川过年的情景。妻子家在四川达县一个叫双河口的乡村，属丘陵地貌。飞机起飞，深圳迅速往后倒伏，一下子遥远模糊成一幅夜的背影。在达县机场落地再坐两个多小时的车到达妻子家，已是大年三十晚上了，刚好赶上吃年夜饭。我们风尘仆仆站在凛冽的寒风中哆嗦着进了家门，想松弛心情洗漱一下吃饭。岳父说："不用洗了，不用洗了，直接上桌吧。"便呼啦一下吃起来。

过年，最热闹最开心的事莫过于吃年夜饭，一家人围坐在饭桌前，桌上鸡鸭鱼肉，琳琅满目，色香味俱全，把人的食欲诱惑得七颠八倒。

酒过三巡，话就稠起来，天南海北，逮住什么话题就聊什么话题。妻哥的七岁儿子很兴奋，口无遮拦地向我们摆家事："我爸爸在家顿顿要吃肉，如果妈妈哪顿不煮，爸爸就心情不好，要打人。"我们听了都笑。妻哥却憨态可掬地承认，说每顿要吃一斤多，否则上班发慌没力。我笑着说哥哥像习武之人，当然食量大。岳父马上插嘴告诉我，他家以前确是武术世家，他的爷爷是当年的武状元，德高望重，为人刚正且生财有道，方圆百里大小地主家闹纠纷，都会抬着轿子请他去摆平，攒积了万贯家财，成为富甲一方的大地主。可他父亲是个败家子，从不干活，只知道整日摸鱼打鸟，斗吃斗喝，豪赌成性，家道至此滑落。后来，不但把家里的银子花光，田地卖光，还把祖上埋在屋下坛坛罐罐的金银财宝悉数挖出耗尽，最后沦落到以借度日。坑蒙拐骗吃完了三个地主家的粮仓后，知道闯下大祸，正想寻个月黑风高之日举家外迁时，轰轰烈烈的运动开始了，打土豪，斗地主，他因此躲过一劫，被划为富农。可是新时代他还是没被改造好，依旧好吃懒做，使得岳父十四岁就开始干重体力活成了支撑家的顶梁柱。

岳父的父亲好吃懒做，命却好，每次都能化险为夷，岳父说是他家风水好。我仔细看了一下，屋后有山，屋前是水，前低后高。屋后是曹家岭小山包，上面树竹葱郁，环境优美；前面是一马平川的大片水田，很是开阔，再前便是自南向北流的明月江，杨柳婀娜多姿，飞鸟时高时低。河水波澜不惊，静静地流淌着，两岸被淘沙者淘得空空荡荡，水泡得黑黑的千年古木偶尔露出一截。我便笑着说房子住得安逸就好……

想着想着，听到广播登机的时间到了。在人头攒动中目送妻儿洋溢幸福地离去，我反过身，喜滋滋地去开车赶赴老家，脑海里呈现的是母亲站在清冽的寒风中等候已久的笑脸。

边缘人

近几年来，我常常被漂泊与稳定这个问题缠绕着。

从出生直到初中毕业，我一直生活在湖南新邵。1991年我在隆回县高中部毕业就到兰州，次年转学西安，我一直挥洒着努力的汗水，不敢对自己有丝毫的松懈，可到头来绿色的希冀还是落空了，好梦难圆，便义无反顾地南下。

我终于来到了深圳，落脚在石岩镇当时颇有名气的添好工艺制品厂。那时的月薪500元，白夜班轮换。我特别喜欢上夜班，午夜到凌晨时分，这时几乎没人查班，可躲在路灯下看书。夜深人静，轻飔掠过，有时从书本上的情节中走出来，我就会被一种四周的静谧感动，我的心境却处在斑驳迷离之中。

我住所不远处住有一个打工作家，因为文学的缘故，我们关系颇好。他在自己租房的门上贴张写着“边缘人”的大红纸，字写得潇洒飘逸，让我顿生些许感触。漂泊与边缘是相通的，我想这三个字最适合不过我了，工作上、情感上、住所上……无论哪方面，我都是一个不折不扣的边缘人。我是这座城市的边缘人，甚至新邵，我也做了她的边缘人。我不是一个意志坚强的人，不是一个工作稳定的人，也太容易在轻微的稳定中滋生惰性。往后的生活，这三个字常常会不经意飘逸而来，浮现在我脑际，让夜半伏案劳作或甜梦初醒的我在心旷神怡中又得到突如其来的灵气。生活在书香里是有福的。我为“边缘人”写了很多文字，作了一些讴歌。

1997年4月我又来到观兰镇乐厨食品厂当人事主管，两个月后，转到龙华镇编一份厂报，石岩便从我每天的视野中轻轻抹去，但在我内心无论如何也抹不掉“边缘人”。有一个晚上，我约了《深圳法制报》《金融早报》等几家大报主编喝酒，他们问去哪个地方时，我情不自禁地说去“边缘人”。他们一口赞同，驱车几十里。可边缘人已杳如黄鹤，不知所向。我站在漆黑的门前，面对一片黑灯瞎火，不由悲从中来……换了地方喝了酒，我像一个悲情的梦游者，一路上游荡着寻找人去房空的“边缘人”，悲绪更是无法消除，我感到自己是这个时代，这个城市不合时宜的酒徒和过客。

我觉得还是搞贸易好，于是把报纸交给了同事，每天在飞机上、汽车上、轮船上过着更加漂泊的日子，虽然很辛苦，有时甚至因为疲于奔命想停下来，找份稳定的工作，但也一直未说服这颗驿动的心。

如今，站在广州市繁华地带，望着女友要同我购房入户的二十几万人民币，真是犹豫不决，惆怅的双眼不知投向何处……

逝　者

4月6日，堂伯母和姑表哥在同一天过世，让我心很沉郁，感叹生命的脆弱和无常。往后清明，除了缅怀逝去的先祖，还将增添这些沾亲带故的身影。

最近一年就有六名亲友离世，让我真切地感受到了死亡之可怕。先是隔壁的伍嫂，本来是我家的好邻居，凡事都相互照应着，可有一天，伍嫂见到我父亲就骂，村里那个对我父亲有意见的风水先生告诉她，伍嫂的老公本来还有三年阳寿的，是被我父亲用梅山法术害死了。我父亲被骂得云里雾里，哭笑不得，不去理她。过了半月，她突然不敢在家住了，对维娥嫂说，我跟你住吧，我家每晚鬼打死人。维娥嫂以为伍嫂是因为寂寞找借口，没同意。第二天早上去看她，发现已经过世了。周维岩表姐夫一生务农，小心谨慎，和牛打了一辈子交道，对牛很好。去年4月28日下午，他犁完田把牛放在河堤吃草，却不小心被牛顶进河里。不远处有村民看见他像秤砣一样掉进水里就没浮起来，赶紧跳下水去救，等捞上来时已经没有了生命迹象，肚子瘪瘪的，也没喝什么水。

得知舅表哥朱红球去世的消息是今年2月初，他五十岁不到。那天早上起床突然感觉肺部痛，因为贫穷，他没放在心上，照常下田干活。午饭时，表嫂看见他米粒大小的汗珠从额头滚下来，才催他去医院。拍片一看，表哥两叶肺四分之三已经化水了。反正没钱治，他干脆瞒着家人继续下田干活，直到倒在他侍弄了一辈子的禾田里。母亲在电话里哭着告诉我，表哥勤劳老实，一生从未干过坏事，辛辛苦苦拉扯一家人，没过一天好日子就走了，好人没有好报。我只好安慰母亲，不是不报，时候未到，他给子孙积阴福呢！心里却怆然落泪。

大姐夫叫陈信槐，在我公司干保安班长七八年了，从没生过病，只是喜欢喝点酒，和在公司干保洁的大姐带着个三岁的孙子整天其乐融融。年前问他回不回家，他把头摇得像拨浪鼓，觉得老家太冷了。可没过几天，突然来办公室找我请假，莫名其妙地说特别想家想妈妈。我听了大笑，训斥他四十八岁当爷爷的人了想妈妈，说出来不嫌丢人，之前问你不回，现在人都安排好了你又闹着回老家；他憨憨地笑笑不说话。毕竟是姐夫，又几年未回家过年了，就准了他，并告诉他过了正月十五再回来。没承想到家第二天就因为急性肝病住进了医院，之后就传来了噩耗……

大我两岁的姑表哥谭宇青是4月6日下午4点13分去世的。幺姑伤心欲绝地打电话请我父亲过去，父亲心里很沉重，不想过去，其一是不愿意白发人送黑发人，其二是他正在全面主持早上死去的堂伯母的丧事，抽不开身。

表哥由于尿血，去市医院检查患了肾癌，不仅是晚期，还伴有糖尿病肺病等综合征。这个表哥，小学文化，蛮横孤僻，从来不注重身体，只以自己的意愿行事。那年过年下暴风雪，满地白皑皑，他还是走了十多里山路来我家拜年，衣服都湿透了。我父亲拿了干衣服要他换，他死活不穿别人的衣服，硬是撑着把衣服穿干。这样的人，迟早会有病疾之患，只是没想到这么快就走了，四十才出头，给亲友留下许多悲伤和惆怅。

至于堂伯母，是个文盲，她没有名字，也不知道自己的生日和岁数，去年人口普查的人问她，她说出生在一个大雨的早上，不知是10月还是

11月了，真是让人匪夷所思。由于眯缝着眼看不清东西，路也只能摸着走，大家都叫她眯子。眯子是湖南省洞口县山门乡人，家住穷山冲，长到几岁后父母相继去世了。年幼的她只知道哭，整天眼睛肿了又消，消了又肿，差点儿哭坏了。在饥寒交迫中长到十五岁，眯子通过媒婆嫁到新化县天龙山。过门没几天，婆家要她做饭，她炒菜不知道还要放油盐，把青菜放在锅里煮熟了捞上来吃，被婆家训了一顿，骂了几句野话。眯子听了很伤心，委屈地哭了，这一哭坏了，眼睛突然什么都看不见了。婆家嫌弃她，不但不给她治眼睛，还退婚不要她了，眯子只好又回到山门。那时候，由于堂伯的父亲在家犯了点事，被家族赶了出去，刚好落难到了山门，以编竹席为生。而堂伯李武昌是个大兔唇，长相难看，人人喊他大缺子。缺子遇到了瞎子，心生爱慕，便求婚，允诺给她治好眼睛。走投无路的眯子只好答应了。

堂伯花钱给眯子治眼疾，眼睛慢慢好起来的眯子欣喜地告诉丈夫能模模糊糊看到天上的云和月了。伯父口里说好，心里却想，我缺着嘴，等到把她的眼睛彻底治好了看见我这么丑不跟了怎么办？于是决定把药断了，要让眯子迷糊一辈子。堂伯告诉眯子，郎中说这种病只能治到这份儿上，没办法彻底治好的，这在医学上叫云月眼。眯子口里不说，心里生疑，但也没有办法，只能这样迷迷糊糊过活了。过了一年，眯子怀孕了，堂伯便想把她带回老家。于是给当时当大队会计的我父亲写了一封求助信。父亲二话没说，马上召集村民开会，听我父亲讲述堂伯家流离失所的遭遇后，族人同意让他们回家，但不给分田地。父亲没辙，只好设法把大队大名山上的田地借了点给堂伯父家耕种以维持生计。我父亲紧接着跑镇里，跑县民政局帮堂伯家落实户口。又过了几年，父亲当了大队书记，碰上了农村土地易动政策，我父亲便动用手中的权力并带头让村民把自家的田地匀了一些给堂伯家，让他们的生活有了着落。

父亲帮了堂伯那么多忙，人家好像并不怎么领情，只觉得是应该的。

堂伯喜欢随地吐痰，有一次，他啐了一口浓痰在我的裤管上，我觉得恶心极了，要他擦，他不但不擦，还仗着是长辈起高腔骂我。我回了一句“大缺子”，他便恶狠狠地追过来打，一直追到我家堂屋。还有一次，由于我家在他家后面，隔着一条走道，妈妈把洗脸水倒入门前的排水沟，堂伯看见了，正告我妈，说排水沟是他家的，以后不许再倒。我妈可不吃这套，还是照旧，堂伯便指使眯子坐个小板凳对着我家用山门土话骂，我妈听不懂，以为在唱歌，没去理会。堂伯便气嘟嘟地走了几里路喊镇领导来制止，镇领导看了现场后问他，排水沟不是用来排水的是用来干什么的？堂伯语塞答不上来，此事就这么消停了，但对我家更耿耿于怀了。

眯子一生生了一对儿女，好不容易养大成人，以为生活好起来了，没想到两个孙子出生不久，丈夫和儿子得病去世了，女儿也出嫁了，儿媳看着犯愁，一声不响地跑到外地改嫁了，任由眯子带着两个孙子过着异常艰苦的日子。我父亲觉得太可怜了，便给眯子申请了五保，还带头捐资把她濒危的木屋改建成了砖瓦房。眯子从此与孙子相依为命过着低保的生活……

停尸两天，第三天大早，眯子被装进棺材抬到村后的山上埋了。中午，亲朋和村邻齐聚到我家前左侧的广场上，八人一桌，喝酒吃豆腐。大家大吃大喝，有说有笑，全然没有那种死人后悲哀的气氛，好像都觉得眯子的人生得到了解脱，没有什么值得难过的。

情场信步

A

爱，是力量的源泉，是追求的动力。一个正常的人，必须带着对爱的追求来投入生活。于是，我们要爱人，也渴望被人爱。

B

人就是怪，你喜欢得要命的，他偏不喜欢你；你不喜欢的，他却爱你发疯。喜欢别人是一种甜蜜的痛苦，是一种幸福的忧伤；被人喜欢是一种温馨的荣耀，是一种无奈的负担。

C

初恋是一次脸红，一次声东击西。明明想说爱你，却要说成恨你。女孩表现得最明显。初恋是一种距离，一种向往，一种啼笑皆非。明明想跑去见对方，却要说是来取一件上次遗忘的小物品。这里男孩表现得尤为突出。

D

女人是水做的骨肉，男人是泥做的骨肉。

热恋时，女人是水，男人也是水。

东施很丑，西施很美。热恋时，东施是西施，西施更是西施。热恋中，一个无意的眼神和动作都会令人产生无名的喜悦或者烦恼。醋是生活最不可少的作料。

E

把婚姻比作围墙可以，但千万别红杏出墙。否则，围墙外面的人想闯将进去，围墙里面的人则打将出来。不幸的婚姻是一只未成熟的青苹果，既单调，又酸涩。

F

失恋的人最虚荣，明明是人家不喜欢自己，却要说自己不喜欢人家。

爱得越深失恋后恨得也越深，发誓下次定找个比他强的，结果明明遇上一个不错的对象，一比，自己放弃了。过段时间再想恢复关系，别人已是使君有妇、罗敷有夫了。爱情是比不得的。

G

梦是虚空，人生不是虚空。笑者未必欢乐，哭者未必痛苦。观察一个人，最好观察他怎样恋爱。

人生若只如初见

深爱纳兰这句：人生若只如初见！初识，淡淡的情怀，不伤，不痛，恰如初开的栀子，是一抹纯白的盛开。

初识时，你常约我散步，星月与细雨都无妨，静静地走着走着，风穿过发梢是一支清婉的歌。

若只如初见，那种喜悦与温暖如青草，年年月月还在。而对今天的相互怨恨，诸多分歧，想起初见，多好！

常记相逢于清湖，碧云楼上饮酒。你美人嫣然，禅心如莲，点烛作花，不觉清宵寒。窗外，梨花点点，是谁，在那微芒月下，倚栏而唱？

与君初相识，犹如故人至。那千句不倦的笑谈有如昨日，一转眼一个春天又一个花季，日子在岁月的眸底，散成飞絮。微燕落檐，再没有旧时的轻盈。

在时间的辗转中，过去的已永远过去，无法回到人面桃花初逢时，可在记忆的一隅，过往的心事，却常常回澜拍岸，使惆怅绵长，更行更远……

星光晨亮，哪里是永昼？何处有仙草玉露，能守住如花容颜？

相遇，分离，青春，年老，春来，冬至，过程是一段一段的悲喜，也正因如此，日子才不会显得苍白，生命才没有那么脆弱。

人生若只如初见，没有挥手与别情，我便不懂得怀念有多美；若只如初见，我便不会在流光碎影里珍惜现在。

林间的蝴蝶不记旧时窗台，清波的溪流不挽留落叶，杨柳随梦千里，把心事付尘，而我在岸边，临风捻衣云，听风低语细细，把往事描成一卷风景。

雾起了又散，雨住了日出，梅开了雪舞，你来了我走了。

拈花一笑，把初见植入永恒，把聚散当作席宴，把月圆月缺看作平常。繁华落寞只是昙花，贫寒富贵亦如烟云。

暮色清影，在玉阶前，我在这里，一直都在。琴音袅袅中，是暗香弥离。

握不住消逝的流年，那就当作是初见的斜月一帘，是人间美丽的幻影。

世事多忧，人情多冷，都在字里行间散尽，不会有怨声，也将永远没有冷淡。只如初时的简单性情，亦如初时的低眉敛眼。不在意流言，只享这人间半生温暖。只记着，初时，初见，初梦。

在时间的荒野里飘忽，经年，依旧无争，依然许之笑靥，绝不有恨。

某一年，某一日，撑一把伞，一人拾阶山间，闲闲地在人生的旅途上漫步，一边听蝉鸣，一边拾掇自己的心情，忘却点点滴滴的烦躁，回到清淡恬静的最初。

爱情是梦中最后一把梳子

你这次要来，让我感到意外的是在情人节，要我手捧玫瑰迎你。我很愿意，也想做个有情人，虽然我知道，我们的亲密已走到了尽头。

十年前那个情人节，老家高中的浣衣码头，桃花开了，你光艳的衣裙上，绣满瑰丽的花朵。你趴在捣衣石上勾描着水中圆了又碎碎了又圆的倒影，聆听着我五音不全的恋歌。春天是最初的季节，你是我唯一的恋人。

情人节一过，我要回西北军营，你要去深圳打工。道别中，你把我送的梳子插在脑后，让它陪你在凝思与渴盼中漂流……在你的黑眸里，我读出了一种理性的成熟。“退了伍就去找你！”我的话在阳光的浆果中晃动。你在青草涩涩的香味中听着，风很有兴致地撩起你沾满花粉的衣裳。

四年如冬天般凋敝，我到深圳赴约，你却支疆去了，我们是两辆相向而行的生命列车，没有相逢。孤独与漂泊，来来去去填写零碎的日月，我们的期盼，成了碎了又碎的水上薄冰。工作只是在我身边滞留，成为人生长途中一个个驿站，没有哪一份让我安定下来。

鸿雁传书，三秋烟云扬手遮。思念一点一点毁坏着你，我读到了一份份陌生的无奈，一种种不可逾越的远离。你早已不是水中捣衣的少女……

“再不娶我，便无法等你!”你用北疆苍凉的文字寄我一身疲惫。我无言以对，脑子一片空白。我知道，尽管泪水在指尖低吟，你还是以温柔待我，眼睁睁看着爱情在一季又一季凝重的岁月中流逝。我何尝不想娶你，怀揣如水柔情，让我们的爱情永远是花。只是，我无法接受目前的漂泊与失落，不愿拴系在平凡里，娶你之时只能是我人生精彩之日。

去年情人节，雨淅淅沥沥，不再缠绵，你的订婚讯息，让我的隐痛不知流向何方。天堂的花朵在泪水中坠落，抖开尺牍的记忆隐入风中。黑夜，雨伴青灯，我什么也不说，回忆，轻鸿片羽，是唯一的细节。

我们共属的旅程已经走完，我无法挽留你的去意，这也是缘。我原想把今年的情人节当作昨天雁过无声，可是你要来，让我情何以栖?到时，你说走就走了，我却走不出对你的低回与依恋。今夜，爱情是梦中最后一把梳子，在红颜慧心的玫瑰里，把你迎接。

月亮是我永远的怀念

在这个明月似近犹远，似真犹幻的黄昏，我不由又想起她来。

那个夏天的夜里，热得慌，我跑去小店买冷饮，鬼使神差般认识了出奇漂亮且出奇好学的她。

是她的漂亮与文雅吸引着我走近她，走在她暂居西安郊区的一所学校的小路上，走进那一片圣洁的月华里。

她纯洁善良的心感染了我，使我弃掉去另一所院校深造的机会，伴她走在银辉满地的径上，走在鸟语花香的径上。我感受到一颗月华如练的心灵。

面对月色，便时常激起她问我关于月亮的学问。我告诉她，春夏的月亮是属于情人的，中秋的月亮是属于诗人的。她笑得前仰后合，说："某些人在引诱着爱，在月亮里活着，我注定无法接近，也无法得到的。"我为之一震，始料未及她之于月亮的认识竟达到了这样的高度，支吾其词："其实，不管生活在哪里，只要心灵相通就行。"她笑，眼睛瞪得圆圆，显然笑我理解得不透彻。

于是，有月，我就会邀她去学校后的田野里散步。月光笼罩的田野，很洁净。有她在身边，我感到一种温馨，一种实在，一种数年来一直追求和要求的圣洁。可是，我想起她那话又感到一种颤动，一种担心，有谁的爱情，能接近月亮般温柔长久？有谁的爱情，能升华到月亮的纯度？

我们的爱情，是在月亮里长大的爱情。

和她相处日久情也日深了。我陶醉在拥有她的幸福里，如果一生只能爱一个人，那非她莫属了。那天夜里散步耽误了晚自习的时间，严厉的教授给了我一次处分，却延伸了她的不安。她一语不发地坐在石头上，沉郁地望着月亮。我不知道怎样劝她，也不知她的心灵深处埋藏着什么。这晚的月亮，是石头上的爱情，是沉默忧伤的爱情。

那年夏天过了，我要去兰州。我为自己的道别与事业忧心忡忡。她却来安慰我，并约定握手于广州火车站，不再分开……

广州火车站，她像我写给她的信一样杳无音讯。夜幕低垂，我才把目光收回，转回深圳，眼里迷迷蒙蒙的。我好像什么都明白了，泪水滑出来，骂她是骗子。

可是，好心的西安朋友马上就打来了电话。

原来，她深爱着她残废的父亲和含辛茹苦养她、供她上大学的母亲胜于自己，她不能因爱而让贫困年迈的父母无人照料。她不能来，想起她月亮的心，我知道她真的不能来。

今夜有月，月无语，月是夜望穿秋水的眼，是因思念过多而失血的心脏，我又想起她来。

错 过

每次给你打完电话，满屋子就洋溢着喜庆的沉默。只有今夜，我觉得这沉默使人感到有些压抑。当你冷冷地提出分手时，我无法再像以前那样细细品味弥散在那片和谐的淡蓝色氤氲中的默契。

不知我们前生约定些什么。当我初次进入这个奇妙的爱情天地时，我曾经对你充满感激之情。这次爱情传呼一响，就不想轻易放弃，只希望你走进我的世界，在我心中，种植爱情的经典。

与你携手同行，缘于我们已是多年的笔友。鱼雁往返中，你已牵住了我的心。

那天晚上，我又打电话给你，絮絮叨叨反反复复询问关于我们的永久。你淡淡笑道：“尚未谋面，千里迢迢，我就这样赶赴爱情?”“我会用爱温暖你整个人生，让你的生命收获惊喜!”我们无所遮拦地交谈着，电话将那个夜晚打发得灼热而滚烫。今夜重新拾起这些，是否还会将它连缀起来，重新挂在彼此心坎上?

其实，很久以来，我一直怀念那天晚上你讲的那句话，拥抱着这来之不易的幸福。

后来，你南下了，我们走在一起，共同筑建起我们的爱情，不管怎样，你好像从来就不曾表现出任何怀疑和犹豫，你说你无法忘却这种至真至坚的相通，尤其在你碰到挫折的时候，想到背后有我的理解与默契可以浸润其中时，你的心立时可以进入一种静穆祥和的状态。

一天，沉默许久后，你终于对我说："因为有你，将来还会被一种责任感逼迫着远离亲人。"我深切地了解你远离家园的痛苦，也由此知道你的感情是如此执着。

如今，走在熙熙攘攘的人群，看着一张张冷漠生硬、毫无表情的脸从身旁匆匆掠过，我就有一种困惑：我们以现代人的品味和志趣，在潇潇洒洒大肆宣扬真爱时，对我们现在这个本来就匮缺温情的世界是否有些不现实?

对于这个话题，你强调爱情是一种心灵契约，无须借助其他来体现它的挚切与热烈。而我对此的理解则是，正因为摒弃了一切家庭的物质的因素，爱情才显得如此纯真、深刻，如此不具功利色彩。

我不知道该向你说些什么。也许我该潇洒地挥挥手。我有充分的理由相信，今后即使我们远隔天涯，还会一如从前那样心息相通。

月　殇

月儿在最初的思念里圆起来。

不再含羞，不再矜持，满城的洁白宣示月的尊严和大度，擦亮我的双眸，以一种最柔软的方式湿润我坚硬的创伤。

山河阻隔，岁月流转，我在明澈里回顾你。美丽是一种悬念的心。隐匿着的，是对不该忽略的收藏。你在淡淡的忧伤里楚楚动人。

云来远山，潺潺的孙水河边，我们不会走得太远。煤渣石子路的“咯吱”声在优雅的河流中掠过。你乌黑亮丽的长发像水一样肆无忌惮地在肩头流淌着，美得让人舒畅；你秀雅绝俗，明眸皓齿，有一股轻灵之气，让我的目光久久无法离开……

月色如水，轻纱一般温柔。心其实只在一掌之间，在那些热的光与冷的光之间，在这些看不见的轻快月殇和摸不着的沉重之间。

我打开一本书，书上跳跃的全是你，寂静中祥云般缭绕，不能离去。感谢这本书，让我对你有了更详尽更形象的了解，不矫情不粉饰不平淡不张扬，引发心灵的深呼吸。

这是一种最贴近心灵的情感，我清楚地听到想你念你的心跳，如此热切地贴向书本，通过书倾诉，也通过书梦想。在这些声音中，我能触摸到没有装饰的生命本色。我们究竟相距多远，这是一个从想象到想象，从默契到默契的难题。唯一不变的是我的目光，一旦与书交互印证，背后总有承诺与忠诚镇守着。

你很久未关注我了吧？或者说，只是我有心在折腾。这是我的悲哀。两次都没把握好你给我的机会，让千金难买的福祉，在手的触摸里荒凉，让你爱的火花，愈燃愈暗，演化成灰。飞雁一声声鸣叫远逝，徒留随风摇落的挽歌。后来，见与不见，约与不约，全握在你一端。我颇为自责，又行为稚嫩，这是怎样的曲折与漫长。其实，对我而言，无论你褒也好，贬也罢，感情还在不可遏抑地发展。你是我与生俱来的诱惑。而你，所折射出来的意象，像一块天然的矿石，包含的绝不是仅仅只有一种金属铜那么简单。我理解你的这些担心，从来不曾忘怀，也不敢忘怀。可是，我的现实，撞不破你梦想和心愿的迷茫，也孵不出你期待的长着翅膀的喜悦和收获。四面临水的爱情，隔着一层薄薄的羽纱。古老的孙水河，我的眼是你的眸子，因一句软语便噙不住泪水。

今夜，灯河璀璨，月白风清，微微有些寒意。冬天是最后的季节，拂去了时间的皱纹，水锈尘封的缄默中，你是我唯一的恋人。请告诉我，天堂的花朵是否已经荒芜？迷乱的思念萦回，不灭的银辉，临水斜衣的心情。我好想月光能像梦中的水一样漫过我漂浮的身体，流淌至你楼下，那儿，有你把灯迎接。

那方阳台

那方阳台，因你成为一道风景，让我守不住心神。晚风吹拂，吹得我思绪飞卷，意念惶惶。我知道，不管风有多大，都很难在我们中间呼啸出枝蔓。

那阳台，属于你的生活领地。你在阳台上倚立过许多年华，许多风雨，日后还将走过一沓不菲的日子，继续你亮丽悠扬的人生。

我立在晚风中，等待和守望你的出现。我知道，我已被你一点一点地毁坏着，同时，还要承受来自内心的沉重。

我手抚栏杆，很怅惘地看西天的夕阳，看夕阳下那方很诗情的风景，似有余香飘来，但终未飘来你的倩影。你在那绿色玻璃门后面的居室里，演绎着你的人生故事。这对我来说，那只是一团朦胧一个谜。但我情愿沉浮在谜的模糊里，让它衍生出美丽的企盼，生动我寂寞的思念。

云霞散尽，晚风劲吹，吹得满城华灯闪烁，也吹得我思绪如潮，一夜无眠。

第二天很早，我惊喜地发现你披着微薄的白色吊带睡裙站在阳台打手机。我真想摘一枝玫瑰隔空送你啊！再给你一个美丽的许诺，抑或献上一片枫叶，许你一生的情感。可是，我的心事只能是芦荡里早晨迷失的月光，揽尽草芥的悲伤，沉于感伤。我只能苦苦守候这阳台上的心灵之约，酿造酸涩的甜蜜。

古人云，覆水难收。心一经放飞，就很难收回来。每次看到你，也阻止不了我疯长的相思之林，满脑堆砌的风花雪月。

人的感情，真是百般风景千般无奈虚玄飘忽，我走不出情感的关卡，以为里面芬芳遍野。可是，天意难违。我已经错过了你人生的美丽，让你怎样回应我痴狂的心情？再者，尽管我有着百分之百奥林匹克式的执着精神，也总害怕在世俗的情爱漩涡中既摔断了你的筋骨又掏空了我的心肺，导致伤人伤己的双输结局。所以，我只能将你我所有的美丽痕迹墨于笔端，让它化为字形，以期透过纸背浇灭我焦虑的热情和留恋的心。

涟水新村一日

云雾笼罩的广场，潺潺不息的孙水河，喜庆祥和的涟水新村。在这里，那年，我度过了一个诗意又迷失的春节。

离涟水新村不远的娄底市政广场，彩旗飘扬，载歌载舞；孙水悠悠在广场南侧流淌，清澈而亲切；广场北侧雾霭中气派的市政府，展示着白宫一般的身姿，那些白顶白墙的群楼，一栋一栋扩展开来，烟雾缥缈中，吸引着众多慕名而来的眼光。

如此美景,仿佛一帧泼墨大胆的风景画。而你，从涟水新村到广场再漫步孙水河，一直在寒风中伴我，时而妙语如珠，时而笑声嫣然，朦胧中带着一身水汽，在行动中更显几分仙气，把我一点一点感动着。市声喧嚣中，有你在身边，我觉得特别宁静安稳。最后一段孙水河，风一阵紧似一阵，“飕飕”起寒。煤渣和碎石铺就的小道尘土不起，穿着皮鞋走在上面，咯吱咯吱，别有一番滋味。雾里孙水河，含烟凝翠，流水潺潺。我伫立河堤眺望涟水新村高低错落的屋舍，想象着你睡在自家床上慵懒的样子；你看着我略显单薄之身关切地问：“冷吗?”当细腻柔曼之声响起，我的心立马温暖而又激荡，萧瑟的寒气也泛起旖旎春光。你在我的思绪中变得亲爱而柔和，温馨而丰富。

从此，涟水新村这个美丽的名字注定会永驻我的世界、我的未来。而你那一路伶俐的笑语和烟雾飘散的水豆腐清香，从此永远留在这里，留在我心中，经百年千年，永不消散……

累了，我们上车回涟水新村，轻柔的音乐中，你不禁睡着了。而我，在你家客厅坐下，瓜果飘香中，竟有些回归感！

的确，这片与我老家百里之遥的土地，同属梅山古地，并不陌生。她的暮鼓晨钟、乡土习俗，以及亘古而来的好客之道和家酿水酒，都这般稔熟和亲切。

你含情的目光透过茶几上方在语言碰撞中月色一样落在我的头顶上，一如娄底的乡土文字刻在我的心上，日久成岩。可是，又有些像隔世的恋语，深印在那窄窄的长长的孙水河小路上，生满了苔藓，让人难以重拾、拂尘。我抬眼迎上去，在你家人满屋的目光里，却再也找不到你刚才的眼神。我只能停留在自己的喘息里，辨不清你的目光是月光还是日光。没有了情感定论，我也不敢向你许诺什么，尽管是那么地渴望……

说来我自己也有些不敢相信，此刻的我究竟是谁？不远百里拜年目的是什么？又有何资格在涟水新村寻寻觅觅？

我的英气骄气在此刻竟荡然无存。这个既陌生又倍感亲切的涟水新村，使我这般的脆弱和无力。自认为头脑清醒的我，却在此迷失得一塌糊涂。这是种怎样的幻觉，又是种怎样的臆测和渴望？

猜测如禅，静谧若水。

你妈妈一声“呷晚饭呃”打破了一切。我随你上桌。看着你翩翩步履如远水赶来的诗句。我不敢久留，匆匆吃完饭驱车回程。一路上，思念便像越江的燕子，冲向苍穹，挣扎着飞向涟水新村。百里之途让我心花落寞。

我惶然怵然，一天，使我寻到了什么？又使我失去了什么？把一切交给时间和距离吧，也把一切交给你去定夺！我多么希望在涟水新村遽然升起的情感不要化作那淡淡的水也似的忧伤。

涟水新村，今天，你是纯情的，就像孙水河之水悠悠，我不是，我的迷乱打扰了你的纯洁，你的优雅！

爱情不是花果茶

红尘喧嚷，任何背影都会变得沧桑，消隐于天玄地黄之中，除了我对你的爱。

我们断断续续交往两年多了，每次在一起，爱慕中的那些悄悄话，大多时候是我说你听。那些深入骨髓的情愫，却一直唤不醒你休眠的种子。你让人摸不透，把爱定调在半开半合的界面，盈盈一水间，脉脉不得语。这究竟是甜还是涩，只有我知道。你的声音宛如天外仙音，空灵邈远，体现了你独特的美丽。后来，让我只有疼，只有不舍。

去年夏天，一大早陪你去东莞南城买车，我向你表达的柔情蜜意可谓昭然若揭。你静静地听，沐浴在被爱中的女孩异常漂亮。末了，只甜甜地来一句："我们只做异性好友吧。"你此时像指间拈花的少女，一句话轻薄如烟。我却如芒在背，暗自伤怀，只感觉行驶之路，悠远绵长，没有尽头。我摸不透这话的真实含义，是反着试探我，还是心中存积虑？只是，你的话让我无法接受。

人与人的交往以好感为基础，而异性间的好感，增一分则为恋人；减一分，自然蜕变成路人，在"异性好友"的路上徘徊，不能长久。况且，现代社会的文明水平还没有为这种关系提供基础，只为现实情爱对象设置了诸如外貌、个性、品德、气质、风度、职业、家庭、文化水平、社会地位乃至经济收入等诸多条件和考量。对于有较高文化修养和一定生活阅历的我们，只需要一份真诚，一片情愫，临汩汩清泉，纯净透明。

我希望我们的爱情是和弦，是欣赏，是默契，是缘分，是诗，是画，是亲和力，也是性爱的和谐。

你是爱我的，从两年多的交往中可觑端倪。只是若即若离？让我觉得悠远，不曾得到，也不曾失去。你的心就像午夜的海，内心暗流汹涌，神态淡如远山。是我做得不够好，缺乏理解、体谅、爱护、共鸣，还是其他？你不说，我就只能猜。但是，我不做你的异性好友，真爱是正果，其他的感情就像你现在开的茶店一样，都是用色素、香精调制出来的“花果茶”，有滋味无营养，我不想无聊地用它来穿越纷乱的心绪，抵达失意的黑幕，还有冰冷的毡房。我只祈求爱情圆满，在坚守中品尝那份甜蜜，决不在模棱两可中做无言的低眉人，在渴盼中走向好友的结局。

爱情不是花果茶，这是我的明确表达。也希望你，有所守，有所弃，把真情放在真正重要的人身上，如我。

三中那个女孩

当太阳西下，天空上的云霞灿烂如烧红的铸铁，城市逐渐陷入了灰暗之中。暮色愈发浓厚，天上的霞光正无力照入城市层叠密实的高楼大厦，月亮便从城市的另一角升起，如一只白色的气球，释放着越来越深的寂静。

夜，静悄悄的，勾起我对往事的思念，过去的一幕一幕飘浮在我的心头挥之不去，我还是不能释怀三中的那个女孩。在那青葱岁月，我全然不能把握，也别无选择。

来到隆回异县而读，我因为一个女同学的帮忙。学校九月一日开学，我却九月三日才办完报到手续，也许因为宿舍紧张，学校安排我住宿在绘画室，和美术专业的曾、聂同学住在一起。这是一栋二层木结构的楼房，是学校的女生宿舍，绘画室就在一楼，在这里能清晰听到楼上女生“噔噔”的走路声。

我和她的相识缘于她的表哥，我们宿舍三兄弟与她表哥关系很好，可谓“死党”。她表哥把她引见给我们，自然而然就熟了。她长得很美，皮肤白里透红，走路挺直又不失丰姿。有一次，她告诉我们一个秘密，她就住在我们头顶的那间宿舍，地板有条缝，从上面可以看到我们。曾模听了大笑，诡谲地开了一句玩笑。她一惊，不知如何作答，羞红了脸快速跑开了。

几天见不着她，我有点不习惯，老觉得丢了点什么似的，跑去问她表哥。她表哥为难地说，模花（我们对曾同学的昵称）的玩笑过了，我妹妹本来很喜欢和你们玩的，这下不好意思了。我说你设法把她带来吧，我想见她了。她表哥眯笑着问：“是不是喜欢她了？”年少不藏事，我的脸顿时红了，只是不承认，说：“只把她当普通朋友。”她表哥当时的表情很难用“相信”来形容。

第三天晚上八点半，我去宿舍右侧的水井提绳打水，她突然叫住我，问我是不是找她。当时，我真是又惊又喜，点头说：“是！是！我不可克制地喜欢上了你。” 她始料未及，听后满脸通红，支吾回道：“我还没有心理准备呢。”说完转身提水上楼，我立马抢过水桶，殷勤地帮她提到宿舍门口……

一个月后，我们相恋了，每一个美丽的夜晚，在我们愉悦的相处中度过，我感觉时间过得好快好甜蜜。

但是，好景不长，有一天，她递给我一封分手信，短短几行字，没有原因，没有理由，让我不知所措，陷入了痛苦和迷茫之中。

我带着憔悴的面容想见她，想弄明白为什么，她却一直躲着我，不肯相见。我只有请她表哥转述。她表哥说：“当局者迷，我的转述你不一定信。不如你躲到我宿舍，我把她叫过来当面问，你听。”我很感激和赞赏这个主意，尽管后来事实证明没有用，她还是一如既往地远离了我。

那是一个周四的上午，第二节下课铃声一响，我就溜到她表哥宿舍藏了起来，过了大约十分钟，她被表哥带到宿舍，直截了当地问原因。她低着头，嘴紧紧地闭着就是不说话，直到五分钟后上课铃声响起。这漫长的惶惶不安的五分钟让我如同等了五年。我流泪了，难道我让一个如此深爱的女孩伤了心。

高三未毕业我要当兵了，远赴祖国的大西北，学校为我举办了一个小小的欢送会。我想她应该会来。便充满无限深情地等待，直到我的期待变成失望。

那晚，我失眠了，感到很费解，很伤心。我想起那天在宿舍，她用一种捉摸不透的眼神深深地凝望着她表哥，那种眼神让我心碎。我知道，对爱的人用这种偷听的方式达到我想要达到的目的是不对的，但只有知道原因，我才能释怀。我爱她，也深深知道她也是爱我的，难道爱有时候需要放弃?

四年后，我退伍来到深圳观澜一家食品加工厂打工，她托两位同学过来看望我。我对自己的工作状态很不满意，她却在东莞奋斗得很好，已经当了老板，不亲自来可能是不想刺激我，相见不如怀念。

又二十几年过去了，时光在匆忙中流逝，竟没有和她再见。东莞是个美丽发达的城市，她现在应该更好了。但喧闹的城市夜晚阻止不了我对往昔的回忆。尽管困惑着，但只要她过得好，这个问题也就不算什么了，也许这就是爱的意义，祝她过得更好!

迟来的表白

当阿梅告诉我你爱我且还在爱着时，我竟意外得无言以对。

我终于想起来了，有一次当我的目光投向你时，发现你正定定地凝视着我，双眸里锁着一种无法看透的深意；每次和你在一起，你是那么激动、开心，有时话多得很，有时欲言又止。记得前不久，我还这样开玩笑："你这么好，干脆做我女朋友算了！"你却反驳得我无从回答："那你老婆呢?"

是我太粗心，抑或太愚笨？真的，我现在才明白了你为什么老是叫我"白痴"，我一直没有觉得你也是爱我的，我始终认为，你已有了通俗意义上的男朋友了。因为我知道，每次他给你打来电话，你都要细语如莺般讲许久，声音甜美如橘，忘乎所以。完了我问："男朋友打来的?"你的脸立时红扑着，带有几分喜悦与幸福，语气却淡淡的，仿佛在叙说一件与自己无关的事："普通朋友而已。"我马上埋怨你不老实，笑着激你承认："还说不是，一谈就许久！"你却敢在办公室当着众多同事的面大声说："有什么办法，你已名花有主，既然碰上有追求我的，就凑合着谈喽。"气得我当时窘态百出，却万万没料到你爱我，又掩饰得像打着花骨朵的荷花，在羞涩里掩不住柔情遮不了红晕。

与你认识以来，你矜持着那份情感、那份美丽，从来没有认认真真地告诉我，你爱我。你在含蓄中试探，我却毫无察觉，迷迷糊糊地错过了，直到洞房花烛后的今朝。现在想来，真是太白痴了。

如今，你心里还放不下，我颇为感动和歉疚。但我脑海中更多的是我的妻子。她的一颦一笑，都对我付出了深厚的爱。我为她的温柔与美丽而开心，我已经拥有了她，拥有了爱，和你已经注定有缘无分了。你说的也对，既然得不到你所爱的，那么就去拥有爱你的吧！而今，我能说什么呢？于你，我除了友谊，不能再给你什么；于我的妻子，也不能负了那份责任和真情。忘了我，去珍惜与接受电话中的那个男孩，好吗？

在小溪旁等你

在一个名不见经传的小店与你对坐，我看着你柔情似水，诗人喜欢用这个词表达情感的意向。一顿饭的工夫，你给我的感觉像小溪一样，清澈、明快、不张扬，平静地流淌，始终给人思考的空间。

翌日，是你母亲的生日，我想约你去屋后的小溪散步，你却给了这个爽约理由。我甚是失落，只有一个人走走，没有你，孤独占据了我的心。坐在溪边的小石板上，我托腮望着天空，天上有朵朵白云，水里也有朵朵白云。溪水涨涨落落，潺潺和清浅，都藏在溪岸明晰的记忆里。这时，我脑子的点滴，凝结成溪，切合成你，你的一颦一笑，缓缓如山花插满头，绽放在我的思念里，点点滴滴都是遐思溅起的涟漪。

溪水抚摸两岸，带着大地的心跳。溪岸掌握着流水的异动，切开了流水的前世今生。我在想，女人是水，应该也能切开你的前世今生，你的身上如溪岸一样，收藏着客家人迁徙的脚步，你纤纤玉指弹奏的钢琴里，如溪水一般，传唱着公庄九条鲤鱼精搅水的故事。河络，有意象缤纷的诗句，都走进了我的灵魂。

我看着清澈的溪水，想你，心里更加明亮。水是有灵性的，痴痴地在风中呓语，诉说过往的荣耀与哀伤。不息的溪流永远向前，只有河岸刻着记忆，深深浅浅，带着岁月的风掠过，溅湿了溪的植物和灵魂。

我在想，你波澜不惊的背后，也有溪水般浩浩荡荡的时候吧？像这次我走进你的世界，是否是一场暴雨，让你的心溪变宽了，一下子变得浊黄而湍急。你的心，鱼儿一样，在水的落差处闹腾，有兴奋，有纠结；有期待，有顾虑。一瞬间，我感觉面前有无数条飞鱼，昂扬的头，摇摆的尾鳍，片片鱼鳞在阳光下忽闪忽闪。鱼的乍见之欢与爱之久处不厌，如果你在，我很想在这一刻，当着你的面给你爱之承诺。

沿着溪的流向，慢慢走，一不留神就从小区二期走到四期。水花荡漾，不时有银练闪动，泛起一连串的水泡，如同珍珠一样，撒在水面上。我一下子就被它们所感染，这样的画面太美了，像你。我好像已经很久没有这样的热烈相遇了。我的目光投向小溪，遐想着日后的美好：有自己的房子车子和孩子，孩子最好有两个，一个男孩一个女孩，都是我们捧在手中的宝贝，美丽的小溪给了我灵感，名字也想好了，男孩就叫正中，女孩呢，叫正丽，怎样？这样，我们的生命会如此灵动欢欣，我们的生活也将明媚幸福。

溪中不时有跳岩出现，放学的孩童，在跳岩上蹦蹦跳跳，在清浅的河里捉小鱼小蟹玩，捕捉的开心也在如风挥洒。

黄昏了，最适合我们在这里漫步，可惜你不在身边。天空中泛着橘红，太阳马上落山了，整个小区都是安静的。温暖的橘红照着小溪，粼粼的，也照着我。明天吧，我还是想用激情和热情去邀请和迎接你来此漫步。

我的心湖，蒹葭苍苍

一

沿着大梅沙风急浪高的海边徘徊，踩着闪烁又窸窣的沙滩，灰暗的大海像极了我那年的心情，和那忧伤的往事。波涛向前卷去，坚决如心心念念的你，在时光的消磨中慢慢隐匿在了另一座城市。卅年的退场，到底是多久，感情被时光打磨得断若游丝，我为什么还会忆起你的模样？每次出差经过你的城市，总有丝丝的喜悦和悸动。

那年故乡的冬天，很冷，我看见清冽的阳光照耀着荒凉的山野，学校的小径像一条灰白的带子从校园飘出去，消失在远方黑黝黝的高坪山弯里。天空像一件素白破裂的披风，笼罩着路边那棵已是空空枝丫的葡萄树，仅剩的几片枯叶在风中瑟瑟地颤抖，像极了最后的挣扎；稀疏的树枝，滴落着宁静。你提绳去老井打水，裹着大衣左手提着桶走在汲水的石板小路上，右手缩在兜里不敢伸出来。我晨练回来，看着你扔绳汲水冻得畏畏缩缩的模样，怜惜满怀。你见到我，如一颗石子突然投入心的水井，泛起的涟漪让你喜悦的心起伏而动荡着。我小心接过水桶帮你提到门口，生怕寒冷一瞬间会掠夺了你的温度。

直到现在，我都喜欢这样寒冷的天气，它会让我无端想起很多属于你的温暖镜头：你递过来的水桶，你托人传达的信，你赠的照片，还有阳光明媚的日子里你诱人的笑、含情的目光，和轻柔的拥抱。这样的天气，我会出门，在外面健步或小跑健身，像现在这样，冬天的深圳没有雪，但地上偶尔有花，我不忍心去踩它，小心跃过，听到风在耳边吹打着树叶的声音。我知道，那些温暖早已经不属于我了，退后的风景，邂逅的人，终究是渐行渐远。再贪恋，也只是给自己增添烦恼。

我们都是感性的人，十里桃花早已归隐于静谧岔开的树枝，经年的柳絮依旧伴着闪烁的潮汐随风而舞，那些陈年旧事藏于一颗燃烧着的心，却不知道什么时候起，拥有的情感都已经成了灰成了影。我如何去忽视你近乎陌生的眼里对我的漠然和对我的彬彬有礼，当我在即将离开学校跋山涉水奔赴西北军营，走向荒野和高原之际。

最无情的是时光，它毫不犹豫地带走了所有最美好的印记。我以为你会和我一样，会牢牢地记住那些属于我们之间最温柔的刹那和最明媚的瞬间，可是，岁月沧桑，人生有些遇见，徒留一声叹息。月色里的银波轻漾，被灰暗的心情和天气、湿冷的沙砾抹去了光芒，最后连月亮也都已消失。再皎洁再耀眼，一切宛若烟花，转眼间，已经灰飞烟灭。

二

那年南下，深圳对我还是陌生的城市，我喜欢一个人安静地在观澜那家工厂门前的街道上行走。情殇，让我不想偶遇谁，我年轻而愚蠢，生怕泪湿衣衫。

我体验着没有背景无助也无奈的打工滋味。孟春之斜阳，很舒服地照着我的工衣，留下浅浅的影子。我抬头，云很轻淡，风很寂寥，街道两侧的榕树依旧是旧时的模样，挂下一蓬蓬茂密的胡须，蓊郁而苍老。我慢慢走过，有阳光从浓密的树叶中倾泻下来，我闻到了淡淡苦涩的气息，眼光随着我的心在漫不经心地游荡。

按部就班且没有前途的工作已完成。听说你的成功，我感觉到了距离，我的迷茫慢慢逼近，我的心是如此空落如此慌乱。现在你是你的城市的主人，你在你的城市有自己的工厂，有幸福的理由，不像我在深圳的边缘，漂泊流浪。想到这里，我越发觉得你是有眼光的，可是当初，当初，你那么决绝，就预知了我现在的窘迫？红颜三春树，流年一掷梭，我来了，你走了。我们像在玩一个捉迷藏的游戏，颠来倒去把我折磨得遍体鳞伤精疲力竭。那天上午课间，我在你表哥单身宿舍的床后藏好，让他帮我直面你离去的缘由。着急安排的计划实现起来往往背离原意，让想象中的美好像梦一般地消隐。你瞅着他，仿佛对着一个陌生人，嘴紧紧地闭着就是不说话，让时间在你的红唇上一点一点滑过，直到上课铃声响起。我惊奇地发现，你的红唇带着悲哀的倔强和骄傲。

是啊，那天的阳光很明媚，老家还是漫天阴霾，这里却已经暖意丛生，可是我为什么还是这样冷呢？你看啊，我的双手我的脚我的心已经冰冷，我的眼光有些凌乱，我看不见自己脸上惯有的微笑。我只知道陌生的街道上，再也不会有熟悉的影子，因为我知道，美丽如你，也已经如烟花般早飞了，远离了。

有人挡住了我的路。我抬头一看，是桃子夫妇，他们还是高中时的模样，还是那么谨小慎微，只是，他们修得了同船渡。

不安。无比的不安刹那间便占据了我的心，树荫绿翳里那只蟋蟀怎么这个时候“嚯嚯”歌唱起来了？炫耀它美丽的声音？甚是烦躁。现在，我不想去碰见谁，大凡与你有关的，我统统选择遗忘，但是桃子，你最要好的闺蜜啊，她什么时候站到了我的眼前？

我不知道要怎样开口，这样的时候，我宁可一个人漫无目的地走在这样陌生的街头，看天看地看云看树看两边的流水，我也不想和谁去说一次你。

三

树上一只孤单寂寞的麻雀啁啾喧嚷，抹去了人们的意象。风景有时候就是这样，拐个弯，总是另一片天地。

没想过要遇见，可偏偏遇见，在千千万万的人海当中，这也是缘。

我看得出桃子眼里的惊喜和忧伤，但此刻我并不想去细究，我只微笑，轻轻说这个城市不欢迎我。现在，我只是随意走走，哪天累了就离开。

桃子蓦地抬头，看着我洗得发白的旧工衣，刚才还明丽的眼眸瞬间开始黯淡。她上前说：“真是有缘啊，不期而遇。看来‘缘’字所包含的那份苍凉与美丽可以表现得如此隽永动人。”明明来找我，却说巧遇，我甚是不解，只淡淡地回答：“缘也是一种无奈，一种宿命，仿佛在冥冥之中，一切都已安排，都已注定，无可抗拒，也无可改变。一些故事注定要发生，另一些故事却注定不会继续。”桃子明白我的指引，说：“所以，花开一季，人活一世，我们要有随缘的心情啊。”我还是微笑：“随缘随缘，说来容易，做起来难。你们随缘了吗?”桃子听了，表情有些尴尬，说了一句：“这钱是她给你的。”说完，掏出了一沓钞票。

一辆轿车突然驰过，灯直射过来，照得我有些眩晕。岁月是流水，花开花落间，所有离开的会离开，消失的会消失，哪怕曾经说过永恒。我扬起眉，定定地看着桃子。我不知道该说什么，但引出了痛苦的疑惑，不亲自来是不想刺激我？相见不如怀念？心中的故事已经开始苍老，我的爱需要离开。

我看见的却是桃子的焦急，手中的钱在风中翩翩起舞，在那密密树枝纠缠下的阴影里。她一定要我拿着。她急切的话语字字敲进我的心里，我不知道要怎样去回答，心中却一个劲地呐喊：若想见我，现在站在我面前的怎么不是你？关于爱情，你又如何对你的闺蜜说出拿钱相见？不说，不说吧，只这些念头，当初的好心情已经像潮水一样纷纷退去，我的眼里盈满泪水，满是委屈，满是萧瑟，满是伤恸。

我却依旧微笑，只轻轻地摇头。当最初的心情已经远去，变成一片朦胧。是的，有时候，不如不见。

四

夜里，雨伴青灯，我什么也不说，躺在铁架床上静静地看你的照片。含笑的眼眸，甜美的神情，依旧是那张脸，对着我温柔地笑着。我探出手去，抚摸着你的脸。如此熟悉，如此亲切，可是，就这么隔着一座城市，怎么就这样让我疑惧不安?

要怎样才能理解白天所见的一切？要怎样才能隐忍住不放声恸哭？要怎么才能承受这一刻心如刀割的伤痛？再也忍不住，我无声地饮泣，泪水开始如雨滂沱，我看着你，这一夜，就是你，一直在我面前温柔地笑……

如何去打开回忆的门？如何去与自己素心相对？记忆里，你终究有怎样的心情，你怎么忍心不说再见便告别，如此匆匆不再相见？那一刻，你到底做到了如此决绝，那么陌生那么遥远，难道，那时你已经知道，我们约期已了?

太多的疑问，太多的惘然，太多的措手不及！有多久呢，我竟只能惊慌失措，我的心如山风一样瑟瑟。原来，我不知道，我们的离歌，这么早就已经唱响。

过程很简单：爱情藏不住，你被当县文化馆长的父亲发现端倪，担心影响你的学业，勒令你当副校长兼教导主任的姨父开除我。为了保我，你在姨父面前含泪做出了分手保证。桃子默默地说，我安静地听。三十年前，早恋被发现是很严重的啊，她与你分开，生了一场大病，现在还留着病根啊。她偶尔会看你的照片，然后沉默，整天都不说一句话……

世间事，感情竟这般残忍，曾经最熟悉的一切，竟会在莫名中悄然隐匿，然后无踪，任我如何寻觅，再也不见影迹。我用苍凉望一身的疲惫，一片虚空不见来者。

许诺过一世相伴，却在用关系网织成的火焰中燃烧殆尽，失去了希望，爱情不再有花开。

五

桃子最后告诫我：一个男人最大的失败，是在最该努力奋斗的时候，耗尽了青春，用尽了感情；先学会谋生，再学会谋爱啊。

桃子的话硌疼了我身上最柔软易损的叫作“心”的器官，让我久久不能平静。

大梅沙海滨最高那栋豪华酒店，我在顶层开了一个套房放牧心灵，让思绪在宁静的大海之上，眺望一夜满天的黑暗。黑暗，一次次绽放内心的孤寂，去牵引曾逝去的岁月，拾叠起流逝的碎片，忆起那过往的生活。晨曦东升，我的心开始敞亮，远处山连着山，有着太阳和白云，大海和海鸥，仿佛有着神秘的力量。我似有所悟，桃子的所谓谋生谋爱，都是要靠自己去经营、去体验、去追求的。成功才是福，能闻到书香，听到安静，看到从容。福就是随缘。它只是生命的一种感受，它不是让你去企盼得不到的东西，而是让你享受自己的努力和拥有，享受自己的那份生活愉悦。

海边的阳光好温暖，融化了我心里最深的苍凉。原来啊，心上的季节，可以芳草萋萋。一个伤口，痛过后会愈合，守过多少年年岁岁，会岁月静好。

日复一日，时光匆忙，我依旧在我的阡陌红尘里朝迎日出，暮送斜阳，奋斗过的生活，仿佛越来越有滋味。偶尔的时光里，你总是缓缓而来，穿透季节，穿透城市的烟火，来到我面前温柔地笑着，默然，不言一语。我知道了啊，纵使生生世世在轮回，我也已经找不到属于我们或深或浅的缘分了，千回百转之后，执盏时分，再也不会有款款相迎的你。那些旧年故事，已经慢慢远了，淡了。

孤独成秋。当尘世的风雨吹散了花开，那些岁月，已经落地成尘，静谧的时光里，我们都将安静地老去。那些风风雨雨、点点滴滴，会在心湖里开出一片蒹葭。

时间和这个世界总是在飞逝中，我在深圳，让静谧深沉的暮色吞没爱的幽静，多情守候气息新鲜的清晨。我尽情吐纳，捻一岸心弦，吻一瓣馨香，缕缕清香直抵心脾。这才发现，人的失恋与无助原来是生命旅途中难以避免的一道风景，思想在孤独中成熟，意志在无助中日益坚强。

最美丽的情殇

你也和我一样铭记着孙水河吧?

那是第一次去你家，一切都是那么美好和新奇。午饭后，我们去孙水河边漫步，那段煤渣和碎石子铺就的小道上，你妙语如珠，笑容嫣然，瞬间便有一种甜蜜漫过心扉。常有喜鹊呼啦啦地飞过，深灰色的影子掉落下来，落在水里，落在柔软的草地上。

一

你说，你的志向是做一名好老师，我永远深信这一点。你那细腻的手掌上总残留着粉笔的味道，那些缤纷的颜色渗入你纵横的掌纹。

我以为，孙水河和那段煤渣碎石子路是我最宝贵的财富。里面有你的笑声和我已表白或尚未表白的情。我看见，寒气随着你的纤纤玉指跳跃，奔跑，飞翔，落下，仿佛还泛着旖旎春光。你在身边，我的思绪变得亲密而柔和。缥缈的雾霭薄薄地环绕着你，让你好像飘在云端，仙气十足，我感觉此处就像蓬莱仙境。寒风不时吹来，一阵紧似一阵，我的心却是温暖而激荡的，仿佛这风就是爱在召唤，就是生活在沸腾。

我是一个浪漫而乐观的人，每当我品味着孙水河边的点滴，感慨着命运的玄妙与神奇，更感激我们在深圳的遇见。深圳近两千万人，许多人的梦想，经过多年以后都没有成真。我们却已越走越近，我想，只要不放弃，并且始终把它揣在自己内心最温暖的地方，或许有一天，总会被温暖“孵化”成现实，走到一起。

不在一起的时候，我用思念填满每一个空间，你的微笑那么温暖，被我藏在深处，默默当作力量，憧憬着美好的未来。而你，理科毕业，思维缜密，行为冷静，不是一个感性的人，不会在雨里寻诗，不会在寒风中像孩子一样奔跑，不会用一整个晚上看月亮数星星。但是一旦认定了的事情就不会轻易放弃和改变。

三年，不长也不短，我一直小心翼翼地维护着来之不易的情感。生怕一个转身，就是永远。

那次小心问你，我打工，你有事业编，我们是否合适？你从没有想过去考虑我的条件，只简单地以为两个人在一起就够了。在心里甚至有些鄙夷那些世俗的人，鄙夷他们讲究门当户对，将爱情年龄化，低俗化，物质化。你的回答，让我感动得流了泪，在心灵诚挚的交互里，认定我们是一份真爱。真爱总是让人感动，我也深信这个世间的真爱遍布于每个角落。

你妈妈颇为反对我们的恋情，她担心女儿嫁错命也就错了。她认为你那么优秀，不允许一个比你差的男人走进你的世界，左右你的生活和情绪。

“你要离他远一点。”你妈妈坐在橘色的灯下说，“你有稳定的工作，他什么都没有，你们不能在一起……”你望着妈妈苍白的嘴唇在橘色的灯下一张一翕，担心和忧虑一点一点聚集起来。“明白吗？”妈妈提高了声音，像教育小孩一样，声音尖锐地刺破了橘色的灯光。你望着满地斑驳的碎片，被爱情烧昏了头，对妈妈的话不放在心上，只想尽快糊弄过去，机巧地笑了笑：“明白了。”

“明白就好，休息去吧。”

你掩上房门，拿出手机跟我视频，轻描淡写地告诉我这件事，笑着让我放心，妈妈说说而已，过了就好了。

二

说者无意，听者有心。我担心问题的严重性，第二天便去找你。我们坐在潮湿的孙水河边，你歪着头问：“我们在一起，会幸福吗？”

望着你闪闪发亮的眸子，我用力点点头。

此后，你被妈妈盯得紧了，一不对劲便找你问话。你找我的次数也多了，告诉我来自妈妈的压力，你说，不想在家里待了，眼泪无声地滴落，激起细碎的尘埃。我看到你苍白的脸上，堆积着憔悴，像一个离我而去熟悉而陌生的人，在夜幕橘黄的灯光下，带着无奈的微笑冷冷地望着我。

我是那样相信你，也是那样承诺你。我知道，那些我们在一起时留存下被你带回家的甜蜜，终究瞒不过你妈妈鹰一样的目光，它会被你的妈妈用力撕掉。你的妈妈，那个烫着爆炸黄头发的女人，流着泪，咬着牙，让那些无辜的甜蜜变成无数浸染着慌乱黯淡颜色的碎片，再用力把这些碎片扔在垃圾桶里，让它们纷纷扬扬地落下。那场景孤独而无奈地映入你的瞳孔，成了我们心中共同的忧伤。而你没有把你的勇敢和承诺封存在时间中，让那勇敢和承诺随你的梦一起在时间的河上生长，繁衍。

你在你家宽敞的客厅站成一片风景，内心是偏向我的。你妈妈游移的眼光，像深海中一条强势的鱼，尽力把你往她那边带。

你要我放心，对于深情的人，年华再深也难解相思之苦，时光如何摧残也风干不了心中的缱绻情思。此刻你的情形，和美丽的孙水河一样，像凝固的时光，是美的艺术，在我看来，甚至是通感的，孙水河的美丽是看得见的声音，你的声音是听得见的美丽。我是那么热切地期待和你在一起，顶着妈妈的压力，迫不及待地将脚踏入我的家门。

“千万要顶住啊。”我的声音在内心响起，却害怕你一个人在战斗，力量仿佛是从某个极为遥远的岁月缓慢地抵达现在，不够强大。画面是那样的凌乱，让人不知所措，像一块破碎的壮锦。

三

八月是秋，我的心充满无限遐思和希望。可是，不知你妈施了什么魔法，还是你不想再斗争下去，一场喝茶时的暴风雨骤然来临，哗的一声，铺天盖地倾泻下来，我的天像塌了似的雨飞水溅，迷蒙一片。

从此，你电话不接，微信不回，杳如黄鹤。

你怎么啦？我四处不停地寻觅，一日两日、一月两月……昨晚又很晚入睡，一抹微弱的月光照亮了还未苏醒的梦，眼角滑过一滴冰凉的泪水，浸满了哀伤。在冷静之后，我找了你的同乡去学校问你。你瞪着大大而迷蒙的眼睛，瘦削地倚在窗台前的书桌上，只带着浅浅的笑。

你的态度和冷冷的眸子向同乡略略闪出些细碎的答案。

那晚，一醉方休。没有你的日子，疯狂无人驯服，我倒在床上吐得一塌糊涂，朦胧中，你大而迷蒙的眼睛像一口充盈着无穷诱惑的井，令人沉醉。

谁也没有想到，在你家宽敞的客厅里，你妈妈尖锐的哭声有力地击打着满屋坚硬的沉默。妈妈眼中含着愤怒，她的眼神是单一的，愤怒就在其中疯狂地演绎；你望着妈妈，你的眼神是那样复杂，既倔强又恐惧，既无助又忧伤。

“说吧，到底分开了吗？”

妈妈知道了你的拖延和欺骗，拼命压抑着愤怒，而她所讲的内容忽然让你有了一种滑稽的感觉——你笑出声来。你想让这种方式淡化和消弭紧张气氛。

你的笑声在那一刻让妈妈感到前所未有的突兀和刺耳。这笑声击碎了她的压抑和哭叫，她站了起来，在你粉红的脸上扇了一巴掌。

你愣了一下，在那一刻感到了什么。你一直以为自己的爱情是独立自主的，却没有想到，牵着你的那根线，一直没有断裂。

你转身跑了出来，你的动作是那样迅速。你跑到孙水河边放声恸哭，声音惊到了草丛中一对恩爱的野鸳鸯，它们惊恐地划开水，拼命离开。哗哗的水声掀起揪心的浪花。你坐了下来，把脚戳进水中，踮着脚尖，问淙淙流水怎么办。对于孙水河，漂流是不变的主题。这一夜，你悟到了这一点，只悟到这一点，就做了一个决定。为什么就没悟到更深呢？依靠才是孙水河最初的本意啊！

四

就因这样，你选择离开。

老乡告诉我的时候，夏天已经要结束。空中飘着雨，打在对面的房檐上，檐上有黑的瓦楞，细致得像描出来的。雨又从檐上摔下，摔成更小的碎片，无声地隐入空气。

我打开你的照片，看着无比熟悉的脸，无语凝噎。你的笑很从容也很坚定，洗去了以前的慌乱与冷漠，仿佛真的放下了。

不再去找你，因为，照片中你坚决于白雾中挥动的手臂，带着一种坚定的姿势，站在我们曾经走过的雨润烟浓的孙水河边。

去年大年初一的早上，我最后一次来到孙水河边。不知是哪一片云纠结的愁思，不休不眠地滚落成雨。我没有带伞，雨拂过耳面，瞬间便从头渗到全身，寒冷透彻全身。站在我们曾经的地方，向远处望去，我仿佛看见河与天的交汇处，一个人在缓缓地行走——在那笔直的银亮中，是你的剪影，渐长。烟雨迷蒙，薄雾锁愁。我知道，此刻，有一种思念是雨，滴答地降落在孙水河边的树叶上，仿佛弹唱一首离歌，我听得入神，挥笔写了一曲《爱的尽头就是成全你》。以这种方式告别吧，让不断的雨滴和着这首歌来诠释爱。飘落的雨滴无论怎么努力，一切都不可能再回到原来的模样，也许这就是爱的归宿。

五

你遂了妈妈的心愿。而我们很多的承诺，很多的誓言，在岁月的磨砺下，成了雨化为烟。让时间把你珍藏于心，再默默幻化成曲。听了还会泪流满面。不是因为我们爱得太深，而是因为有些感情和人一样有着自己的灵魂和永恒。

瞬间，无数的人与事重新在我脑中蔓延：你妈妈、老乡……那些画面从已逝的时光中站起来，抖抖灰，又重新浓艳。当相遇成为一种爱恋时，也许会成为生命里最美丽的情殇。只因为曾经一起漫步，只因为曾经一起看孙水河，只因为曾经一起回望，只因为曾经的牵手。

望着逐渐远去的岁月，我不知用何种表情面对。

所有的结局都已写好，所有的泪水都已起程，笑笑，再去寻找属于自己的蓝天。

| 第二辑 |

故乡风水

美女梳头

杨柳冲总是令人难忘。

春天的杨柳冲更是艳丽，除了竹树，有花有草，有云有雾，有风有雨，有泉有涧，只要怀揣一份虔诚，就能通感到传说中那个梳头的绝世美女。站在任何一个无人知晓的角落，都能感觉到山冲流淌出来的诗，荡漾出来的歌，幻变出来的梦境。这时，生活的困惑和感伤随风而逝，你会发现你是快乐的，变得美好而又超然起来。

从我家后山爬起，经过松树岭，横穿五百米梯田，挨着马家山的头缓步而行，山路逶迤，时而上，时而下。路两旁是茂密的竹子、树木和柴草，随着山势起伏，柔肠百转，再见梯田就到了杨柳冲。杨柳冲其实是巍峨的牛寨岭落脉青坎山主峰再从东北向西南延伸出来的一条狭长谷地，中间拐出一个圆弧，圆弧两侧突结小山包，从空中俯瞰，就像一张单人沙发。我坐在“沙发”之上，俯视脚下的袅袅炊烟，看山民在山村进进出出。这山承载着山民的历史。山色空蒙、清丽，杂树枝叶清晰，有绿有黄有褐有红，笋竹鲜嫩。这个季节，山花开了，一层层，一团团，在浓浓荫绿中静静开放，把山冲打扮得艳丽多姿，像害羞的少女。在草木莽莽榛榛之间，猛然可见一树树映山红，那红艳，那矜持，那高傲，由不得你会一愣，心会一动。驻足，舍不得离开，那娇嫩的花瓣，感觉缕缕弥漫的芳香正流过我的血脉，滑过我的意识。我静静地看着，目光宁静而隽永。不远处一片裸露的黄土与石头间隔的凹凸湿地，一小片一小片的白芷，朝天而生，在倔强中绽放着纯白，是那么清寂和孤傲。这可是一种香草呵，与芰荷、江蓠、蕙茝、菌桂、荃、兰、椒、菊、芙蓉、杜衡一样，受大家喜爱，是司马迁所评述的“其志洁，故其称物芳”。难怪这里传说中的美女与香草为伴，饮花露，食落英，芬芳无比。这些绚烂的花草树木，是对山冲的深情烘托和华美定格。在这样的环境里谛听，我仿佛能够感觉到那位姑娘的存在——梳头声以及心跳与呼吸声，似乎正从这山的哪块石头上投射而出，悠长绵延而又含蓄内敛，给我精神和思想以温暖的浸润。

青坎山高处漫延出一条山涧，经过杨柳冲右侧，淙淙潺潺而下，滋润的那片梯田，一小块一小块，随意散落，美如飘扬的裙摆。在这如裙的皱褶里，波光粼粼，映照着蓝天的纤尘不染和杨柳冲的妩媚。我站在茂密的竹子和充满香味的松树中间，忍不住找一块磐石坐下，凝望着杨柳冲，寻思着那个流传了千年的传说。

唐代晚期的那个黄昏，著名的风水大师杨救贫从新化一路翻山越岭来到这里，看见一位少女坐在一块石头上梳头，秀发飘飘，楚楚动人，倏忽不见。杨救贫看了一下地形，不由大惊，这里背倚青坎山，端庄秀雅，像一个美女，前方那条龙溪小河由西向东，跳荡着银亮的波光，像一面镜子消失在一座高山下，蜿蜒曲折，远远看去似美女在对镜梳妆，好一块“美女梳头”的风水宝地。杨救贫决计不走了，落宿在山脚的留步司，准备第二天堪舆穴位。

翌日，杨救贫天麻麻亮上山了，在昨天那块石头附近找来找去，没有收获。绿野幽林，晨岚飘荡，恍若仙境。那乳白色的山岚也仿佛有灵犀似的，看上几眼，方色泽变淡，慢慢飘散，好像许多层纱正被看不见的手从后面一层层揭开。突然之间，雾纱飘然四散，而云朵在天上却越聚越多，有几朵凑到一起，变成一朵巨大的莲花，向主峰的上空慢慢飘去，落在一个坐在牛背上放牛的山娃子上空。杨救贫走过去，给了放牛娃两颗糖，问：“你是不是经常看见一个美丽的姑娘在石头上梳头?”放牛娃回答：“是的，她每天太阳落山的时候就出来梳头，今天坐在这块石头上，明天又坐在那块石头上，没落定的。”杨救贫想了想，说：“我给你四百钱，教你一句歌，你看见她出来梳头就唱：‘姑娘十七八，还不找婆家?’她如果不回答，就一直唱，直到回答为止。”黄昏时候，姑娘又出来了，放牛娃大声唱了起来，姑娘不理会，过了一会儿，方抬头看看放牛娃，笑着回了一句：“看地的人没养，葬地的人没生。”说完就消失了。杨救贫听了放牛娃的口述，叹了口气说：“好，不是这代人葬的！”转身往洞庭湖去了。从此，姑娘再也没有现身。

大自然的馈赠，岁月的流转和人类生活的延续，使杨柳冲有了独特的文化语境。附近的风水大师，特别钟情这片山水，咸来堪舆。三年寻龙，七年点穴，弹指千年，无人找到胜地，杨柳冲永远保持着寂寥和神秘的气质、幽然和恬淡的神韵。

我一直想，爱美是人的天性，“美女梳头”只是杨柳冲的意象，是家乡人的情感罢了。是山里人对美好事物的渴望以及对理想的追求，是对自己灵魂深处的叩问。同时，也是大山授予了他们的才情、自在和自信。象征着山里人的坦荡胸襟、高尚情操和理想信念。这些品质，也是中华民族文化精神的脊梁。

在石头上坐着，想着，心特别安定，不想离去。我只想投入山谷的怀抱，隐匿在自然里。

留步司村记

留步司，一个古老而美丽的小山村，古书这么记载：其地四塞当新化宝庆之冲，南守牛山，则宝庆不北；北阻潮源，则新化不南；东戍龙口溪，则资江不通；西据岩鹰岭，则高坪路断。留步司南面有一条48个弯的龙溪河自西向东串起两边的梯田，蜿蜒向前流淌，一直伸展消失在缓缓起伏的楠木村舍及梅江山麓。村子很静，山岭、屋舍、树木、翠竹、野草、炊烟以及晃动的人影、游走的动物都浸润在一种自然的幽静中。留步司民风彪悍，尚武从文，祖祖辈辈在这山这水的滋润和保护中出生成长嫁娶老去。

北宋以前，留步司属林莽山险之梅山峒地，不归服王化，过着封闭且带着浓郁巫文化色彩的原始渔猎和农耕生活。现在龙溪铺大街上那时到处荆棘、灌木丛生，各种乔木、梽木、柴草杂而长，古木参天，一派荒无人烟的原始森林景色。老百姓有肖、周、唐、黄、马、郭、柴、朱、梅、陶十姓之众（其他姓皆为后来迁入），在留步司院子及其附近的大名山、马家山、洞山、梅山等山的山脚和半山腰搭草棚居住，靠蜀黍和渔猎为生，日子过得十分艰苦。明崇祯六年，朝廷号召全国老百姓开垦田地，种植稻谷。于是，留步司的开荒运动迅速展开，龙溪河两岸的参天古树被悉数砍伐，灌木、荆棘及杂草被铲除，老百姓开垦了水旱良田几十亩，开始种植稻谷，吃上了米饭。但出行还得靠走，宝庆下新化的龙溪铺地段只有从留步司经过的一条小茅草路，垦植良田后，留步司至铁锁坳官府专门修建了一条石板路，留步司开始被重视起来。

从宝庆下留步司80里，从新化上留步司90里，都必须从留步司石板道上经过。即从龙溪铺的老半边街过滩渡桥到留步司，反之亦然。这滩渡桥横亘在留步司院子下边的龙溪河上，雕栏画柱，流光溢彩，蔚为壮观。明清时期，宝庆府在留步司祠堂后面设立一个通商口埠，兴建了一座官方传递公文的司馆（亦叫公馆），用来接待官府人员，凡是经过此地的文武百官或公差必定口干肚饿，骑者下马，坐者下轿，留步落宿在司馆，由国家免费供应两餐一宿。商贾和老百姓食宿则要自掏腰包，如果自带米菜，则只需要掏点伙钱，也就是几个明钱或铜板。因为这司馆，使偏僻的山村一时声名远播，文人骚客笔墨所至，写了许多诗词歌赋，清朝嘉庆辛酉年举人曾瑶这样写道：

空馆挂蒲鞭，前庭思黯然。
断碑依草卧，高树与云连。
茶社添新火，诗囊捡旧编。
夜深谁作伴，风雨对床眠。

因为这个缘故，留步司有了这个动听的名字。

官府在留步司祠堂内，设置了一个警察所，管辖留步司、龙溪铺、田心、下源、十字路、迎光、太底、粟平、甫溪、龙塘湾（现楠木）、鸦雀树等地，警察所最多时有130多人；又在明代巡盐御史李源通所建四合院内设了一个税所，由李宗禧担任新化县令指定区域内的第一任收税官，收取农民缴纳的稻谷，每月薪资为10石谷。之后，留步司还兴建了槽门，三四米宽的街道相继开设了店铺。有米铺、肉铺、理发铺、伙铺、当铺、杂货铺、布铺、篾铺、漆铺、木器铺、煤铺、珠锄铺、烧纸蜡烛铺、裁缝铺，作坊有豆腐坊、酿酒坊、碾子坊、织布坊、印染坊、雕刻坊、打擂子作坊，靠近警察所还有一个诊所，治疗伤风感冒、无名肿毒和刮痧，虽然不长，仅仅百余米，渐渐也繁荣起来，成为龙溪铺的政治、文化、经济中心。那时的留步司春风桃李，迎面而来的是村民那充满沧桑而又灿烂如花的笑靥，有着山里人本性的善良、真诚和满足。

时光荏苒，秋去冬来，从咸丰九年（1859年）至民国初期，留步司相继经历了“走长毛”和“走日本”两场战争（家乡人把躲逃兵祸说成走），大量房屋被焚毁，财物被掠夺，一下就没落了。又随着1942年龙邵公路开通，公路经过龙溪铺村，遂在龙溪铺设立乡镇，行政、经济中心跟着转移，留步司远离集贸，沧海桑田，愈发偏僻落后，再也感受不到昔日的繁华和热闹。

20世纪80年代，改革开放的春风吹遍大江南北，和风细雨沾湿了留步司人的衣襟，霸蛮的留步司人纷纷走出家门，南下广州、深圳等地打工创业，凭着那股蛮劲，一年，两年，十年，二十年……终于，功成名就，荣归故里，把土坯的木搭的老房子推倒重建，一座座现代化房屋如雨后春笋般拔地而起，鳞次栉比排列在留步司的街道两旁，一直连到龙溪铺大街上，在狭长的街道上空，构成了一幅既单调又繁复，既淡妆又浓艳的别致景观，给人以强烈的视觉冲击。当年歆羡城里房屋，如今不必了，留步司楼房沉醉在乡土间，有“秋一样醇厚”的山村风情和山村人与时代气息丝丝相连的生存、发展情状。今后的留步司将更加繁华、更加声名远播。

灵隐金龙寺

深秋的下午，我邀父亲一道去家附近的金龙寺走走，试图将心灵放空，让浮躁的心沉静下来，让梵音洗去喧哗。金龙寺天然佛地，蕴身于青翠碧绿逶迤的莽苍之中，禅坐在鸦雀树东山之麓，小山似木鱼前陈，丘田形法鼓左列，蜈蚣山守关，公鸡山报晓，顽石听经，始建于明洪武年间，至今有六百多年历史，天心为念，妙湛滚滚红尘。

金龙寺离家甚近，我却从未去过，原因有二：其一为从小顽劣不化，无佛根慧心，不朝山谒圣，只眷恋野果河鲜及玩耍打闹；其二金龙寺为李氏家寺，源通房先祖与其已生隙阂，没有往来。父亲告诉我，此事发生在清光绪年间，那天早晨，留步司贵林相公（名叫李宗坤，字贵林）邀请住持初宝和尚来家打符，初宝和尚骑着马悠闲而至。按规矩应该在留步司槽门外下马交绳给专事接待人员，步行进入大院。可他却大大咧咧，骑着马阵阵威威径直跨过槽门，来到院子内中心族议坪才下马，造成了对李氏族人大不敬。族长大为光火，下令断了香火。初宝和尚尽管后来登门致歉，但留步司先人并未原谅，致使这清净无尘的金龙寺，从此少了留步司人虔诚的声音。

父亲还告诉我，现在的金龙寺是1994年春李氏族人历经三年重建的。明初主殿本在栗贝岭山上，钟灵毓秀，殿宇辉煌，是静心修行的好去处，可惜“走长毛”时悉数被焚毁。后来才下迁重建，殿宇焕然一新，佛像剥蚀者，重镀以金，神灵无存者，再塑金身，梵莲就而重登，法鼓沉而重振。所不幸的是，“文革”期间，寺院属于“四旧”，造反派将寺院全部捣毁，仅存一缺嘴石像，断足石狮。幸佛有灵，事前向谭氏托梦，醒后与晏李氏密商，以扯猪草为名，将佛祖转移藏于暗室，方免于难……父亲的口述如唱梵音，带着几分虔诚，几分禅意，在青山中飘荡。在身后看着他清瘦的身子衣袂飘飘沿山路登临，健步不凡，我似迷似幻。眼前哪里像一位七十六岁的老人，更像金龙寺里一位内心澄澈、圆融事务的圣僧。不禁对父亲生发敬佩，自惭形秽。我眷恋红尘，浸染了满身烟火，没有一点出世的心，没有智慧皈依佛法禅意，一会儿进了金龙寺，该如何安放自己的心情？

穿过右侧的雷音殿，来到金龙寺的门前，金龙寺是前后两排一层瓦房建筑，青砖白墙，黑瓦红柱，显得古朴端庄。建筑飞檐翘角，门牌上彩绘诗书贤孝礼仪故事和龙凤图案，嵌刻的人物峨冠博带，形态各异，可见建寺人的匠心。门楣上，红底黑字的“金龙寺”三个大字赫然在目，让我敬畏起来，那深掩的重门之内，可是远离烟火红尘的佛土净地。金龙寺三个字的下面是三副对联，最外侧的应景省心，读来别有一番韵味：“金鸡唱晓，蜈蚣皈心，法鼓震东山，仙寻洞底木鱼悟；龙马驮经，蛇神得道，鸦雀鸣大桥，雷打桥头铁锁开。”跨入大殿前的院内，这里虽然没有白云岩古寺热闹的香火，但难得有属于寺庙特有的清静安详。踏着石板小道，我四处张望雄伟庄严的庙宇建筑，不曾留意身旁的草木庄稼。父亲指着远处一块石头开口：“晓得这是什么石吗？”我仔细一看，淡黄色有一间房大，没有其他特别，摇摇头。父亲亲切地说：“是金龙寺的晒经石啊！”父亲走到我跟前，试探着问：“看到了什么？”“不就是石头吗？”父亲大笑：“你还是没领悟啊！”然后失望地离开了。

是啊，红尘万丈，谁能领悟其中？一个五十多岁的和尚走出来，笑迎父亲，领着往里屋走，他们的交谈声渐行渐远：“您儿子这个年纪，没在暮鼓晨钟中聆听佛教义理，没禅修静坐，哪能参悟?”父亲回答：“灵魂中的梵音，是晒经石一条回归之路。他该明白，听朗朗诵经六百余年，再僵硬的言语，孜孜中也该圆融，该镌刻内心，石头这过程，既是奉献，也是涅槃啊!”

父亲心里，繁华浮世，白云苍狗，人人都在寻找心灵的净土，唯我没有。可是，人流涌动，岁月蹉跎，很容易忘记归程。

殿里诸多菩萨、佛像，庄严肃穆，禅道通玄，我不敢膜拜，不敢祈求众佛的庇护，更不敢逃离今生的苦难，因为我只是一介凡尘俗子，深染尘埃，在岁月的长河里，我只能木然与缓慢地老去。

轻柔的梵音飘来，清扬悠远，殿内空灵恬淡。遍地佛影，妙相拂面，恍若隔世。在远离世俗尘嚣的金龙寺里，我亦只是红尘中的一颗小沙石，短暂体会那份旷达与纯净后归于红尘，还会常被无名业障迷失本性。我满心亏欠地离开金龙寺，心想，待到迟暮之年，再来安顿朴素而真实的灵魂。

畲背后的水

父亲叫李利时，七十多岁了，一生好善乐施，处事公道，在湖南老家德高望重，没有什么纠纷经他出面处理不好的。可最近为畲背后的水困惑了好一阵子。他打电话愤愤地告诉我，因为龙溪水污染了，附近崖岩凼的清源井与圳上的山泉供应不上，龙溪铺村田凼里七组的村民没水喝了，便来争我村三组三个猴子过关的畲背后的水，差点儿就争走了。父亲还说，他们去县林业局说那片山林是他们的，但目的是水。这片山林，自古就是三组祖宗留下来的；那眼清泉，以前祖辈是用来造纸和灌溉良田的，从来没做过其他用途。你是作家，趁老一辈健在时赶紧做点文字记载，以免日后年轻一代不知道，又被别人觊觎。我反问，您当了二十多年留步司村书记，难道不知道这是谁的？父亲脸色凝重地回答，他们县里有人。我听后莞尔，只好应允。

关于畲背后，我是知道的，它在大名山东侧脚下，北临龙溪河，那里有一个著名的风景点——三个猴子过关。小时候经常和小伙伴们在那里放牛，爬上猴子山采野果子吃，渴了就掬饮那眼山泉，泉水流量大，甘甜可口。这里还有一个美丽的传说：据说这里有一个仙洞，洞中住着三个仙猴。大禹治水期间，三个仙猴出洞上大名山游览，出洞时还带出一处水源。仙猴看到大名山雄峰起伏，沟壑深幽，古木参天，葱葱郁郁，山上有琼花瑶草，山珍野果，游而忘返。夜幕降临，方才醒悟，三个仙猴急忙跳跃过关返洞，可是来不及了，快到洞口，洞门轰然关闭。它们被挡在洞外，盘坐在空地上化成了三座小山，魂魄飘过龙溪往新化去了。从此人们把这个地方叫作“三个猴子过关”。我曾悄悄在此处搜寻那个仙洞，山壁处找到一块像洞门的大石板，心想这应该是入口，拿锄头挖了几天，挖不动，无功而返。就想着长大了用炸药炸开探个究竟，由于一直没搞到雷管炸药，未能如愿。

三个猴子过关，遐迩闻名，古代文人骚客不远千里翻山越岭前来寻访，写下一些诗词歌赋。明代英年早逝的举人邹蒙在途经龙溪古道时探访三个猴子过关赋诗一首：“青山隐隐雾烟笼，晨景依微入照中。夹道露珠凝作色，两山鸟语乱成丛。陆离寝猴疑为虎，黯淡嘘云信有龙。渐觉弯弓升远挂，爠然晓色映晴空。”

由于有泉水，又有一百五十亩的竹林，留步司三组先民就在畬背后伐竹造纸，开垦良田二十余亩，耕种劳作，繁衍后代。民国时期，畬背后属于留步司三组李维鑫、李维淼两兄弟的资产，他们还拥有双槽纸厂一个、纸凼四个，常年造纸卖；新中国成立后，他们两兄弟因穷被划为贫农，继续在此造纸；1958年政府搞合作社，李家兄弟的纸厂、纸凼都入了社，归集体所有，由生产队继续造纸；1962年5月，留步司大队将畬背后的竹林山划归三生产队管理和造纸；1982年山林实行承包到户，这片山林留步司三组作为自留山，家家户户都占份；1982年6月15日，新邵县人民政府为留步司大队（即现在的留步司）颁发了政林龙溪铺字第166号“山林所有证”，其中记载，畬背后山上至凭大界尖峰，下至抵河八、九组田，左至凭楞抵八队山，右至凭砍抵龙溪铺山，面积一百亩，山权单位为留步司大队林权单位三队（即现在的三组），此山在三个猴子过关背后，四抵分明；1982年后，畬背后的这片自留山分到了李继刚、李维亮、黄鹅蓉等三组每个村民手中……

以前，故乡山清水秀，水源充沛，民风淳朴，和睦相处，大家天天享受着大自然的馈赠，在原生态的山村分享着生活的幸福和快乐，从不争议。现在世道变了。我安慰父亲，人家争山为的是生命之水，您就协调一下，给田氹里接根水管得了。他们饮水无忧，您亦更显德馨。

沧桑政平桥

一条龙溪小河，欢快地从天龙山深处走来，汇集了千万眼山泉，经过政平桥，在楠木往梅江的山麓打个旋儿，折而不知流向何处，将视野定格在想象之中。

政平桥，是段让人身心宁静的路，人人都希望在上面多待一会儿。独立桥中，迎着和风，楠木和龙溪铺的屋舍若隐若现，藏在山的半腰，看上去不甚规整，却与这桥这河显得和谐。

政平桥，是支强弩的箭，是弯隐喻的弓。桥究竟发生了什么，河深深地懂得。我不知道，是桥充盈着沉默，还是沉默充盈着桥。夕阳慢慢沉没，余温让人心动，让人浮想联翩，桥以前是怎样托起这个山村，又是怎样让大富大贵的马家没落……

清朝顺治十一年，皇帝向全国颁令，国家要恭政，百姓要平安，政为君子之政，安乃百姓之安。李氏先祖李生大响应国家号召，为首在楠木村龙潭湾离岩眼凼上游一百米处的碾子坝上建造了一座木桥，取名叫“政平桥”，桥头题诗一首：“赈螭横渡，落雁临安。恍若其为，虹飞龙伏。”自此，桥构成了楠木美景的重要元素。每到黄昏，落日在天山交界处霞帔满天，桥在水上静静地悬着，河在桥下涌着温和的浪，凉爽的晚风，将荷锄返家过桥之山民满身的疲惫一层层剥落，身心俱爽。

康熙廿八年五月，夏天的雷雨，迅速而又猛烈，像箭一样冲刷而来，接着山洪暴发，肆虐了山上一排排树木，进入河道，冲向政平桥，三天三夜的不停歇，最终把政平桥冲垮了。近在咫尺的桥，成了一个日渐遥远的存在和想念。

光绪十三年冬，邵阳有个叫张保三的新县令从宝庆府去新化县走马上任，路经龙溪铺地段。当时马家山有个大财主，叫马万财，人称马老爷，此人恃财放旷，横蛮刁钻，欺男霸女，人人敢恨不敢言。在道光年间，马家的祖先有一个京官，由于对朝廷有功，皇帝赏赐过一件黄马褂。马老爷得知新县令要从马家大院（今龙溪铺地区医院处）旁的路上经过，便将这件黄马褂用竹竿撑着插在路边水田中。在封建王朝，见御赐之物如见皇上，官员必须跪拜，待主人搀扶方可起身离去，否则视违皇令，后果可知。正值大雪纷飞、寒风瑟瑟的隆冬，新科县令望见黄马褂，立即下马，双膝跪在黄马褂下，足足跪了两个时辰，不见有人扶起，方知是马家故意整他，怒火中烧，官也不做了，起身拂袖而去。

张保三受此屈辱后，回家潜心学习风水，经过三年，终于学会“乘生气”之道，于是回龙溪铺复仇雪耻。他围着马家大院转了三圈径直去看风水。马老爷见来了一位颇有仙风道骨的风水先生，甚是满意，好酒好菜招待。酒足饭饱后风水先生张保三说：“马老爷，您家现在富贵双全，风水好是好，可还未调理到最佳，调好了家里可以出个皇帝，但必须重建政平桥。”马老爷听后大喜，当即请来龙溪铺李氏族长李生庭协商，由马家出资，风水先生定桥位，族长负责建桥。光绪十七年仲夏，政平桥在原地重新建好，波光桥影，绚丽多彩。在马老爷看来有点王气，柱础古香古色，桥栏溢彩流金，桥上琉璃翘瓦，桥中凉亭生风，不仅建筑精美，而且和另一端富丽堂皇的马家大院遥相辉映，形成“一派飞流永向东，众山俯伏齐朝圣”的景象。马老爷甚至觉得桥上的对联也气势非凡：“马放云中走马，龙飞利箭乘龙。”从风水上看，政平桥桥头直射马家大院，是一支不可阻挡的神箭，风水学称之将军箭，一箭射出必死无疑，即使马奔向云中也走不掉，龙飞得起也要用箭射下来。这是要把马家往死里整的布局。

一日，马家的看马娃在留步司后山杨柳冲放马，马老爷刚好要去杨柳冲牵马看风水，他听说那里有一块美女地。马老爷无意中对看马娃说：“我家金陶钥匙鞍陶银，你说今后会不会穷?”看马娃随口答道：“马老爷，你要穷还不容易，一年烧你两次火，三年完你九个人，看你马家穷不穷!”马老爷听后大怒，狠狠地抽了三个耳光，打得看马娃七窍流血，当即身亡。当年，马家果真中了看马娃的那句话，一场大火把马家大院烧了个精光，岁末重建的马家大院天降大火，又烧得片甲不留，接着又降瘟疫，马老爷家子孙一年内死了三个……自此，马家霉运不断，十年后，昔日称霸一方的马老爷家破人亡，一败如水，趁一个月黑风高之夜举家外迁，在龙溪铺消失了。从此，龙溪铺有个马家山，再无马姓人。只有政平桥还是那么唯美、醉人，特别是山村的青年男女喜欢在桥上相会，让时间慢慢把自己黑下来，直到星星和月亮的微光把山野的虫鸣拉到身边来，才恋恋不舍地让晚风送他们回家。

1954年端午前夜，一场倾盆大雨，河水暴涨，政平桥又被冲毁淹没在了龙溪河惊涛骇浪之中，重重水雾下，隐约传来桥的沉吟，宛若一抹对命运的召唤。

白云岩

“绀殿高悬绿树深，白云如练石如云。”前不久陪母亲去白云岩烧香还愿之际，我一睹了她的幽美险峻。

白云岩，位于湖南省新邵巨口铺，坐落在海拔一千二百多米的白云山山脉腹地，占地面积约五千平方米，为邵阳“十二景”之一。其交通便利，距县城和市区均不足二十公里，自南宋宝祐年间开建伊始，经过宋、元、明、清的演变，已成为闻名的风景名胜和佛教圣地，拥有“小南岳”之称，“声灵堪与峨眉齐”。

从白云岩宾馆往前走，便见关龙亭。此处两山对峙，下临深壑。关龙亭是一个蔚然独立、飞檐四起的亭子，亭外一龙昂首屹立，似在眺望对岸的爱人，形态传神。据说著名的佛教圣地四川峨眉山大雄宝殿曾有青、白二龙相护，后青龙独自离开大殿，漂流九州，最终降落白云岩。古人为了留住青龙，又雕了一条白龙，与青龙隔山相伴，并在龙尾修建了关龙亭，抱柱联书：“龙头耸峙，千秋呵护短长亭；凤眼光明，半岭监视来往客。”

从关龙亭往前走，要过一座如虹的石拱桥，唤作“会仙桥”，相传是八仙云游会集之地，桥下有“望月潭”，正处龙首须下，潭水冬暖夏凉，清澈见底。

拾级而上，牧云寺迎面而来。牧云寺就是观音殿，始建于明清之际，相传为一豪门女香客所建，有正殿、禅堂、斋舍、山门等。旧时因寺内常种鲜花，故俗称“花庵”。在明代，既有和尚，又有尼姑，和尚住寺庙，尼姑守庵堂，但后来什么时候和尚退出了，不得而知。牧云寺正殿面阔三间，进深二间，前出廊，单檐悬山顶。明间为穿斗式结构，进深七柱落地，两厢及后墙以青砖砌筑。明间设佛堂，顶部井口天花，接纵横方向各分为八小格，象征“八八六十四卦”；其中三大格各占四小格，实际是为五十五小格，三大格圆圈内分别绘双八卦图、双龙图、双凤图等，小格圆圈内彩绘各式人物、花草、禽兽图，井口四角彩绘蝙蝠及花草图案，绘工细腻，图案精美。

穿过牧云寺，右上方是毗庐寺，又叫“中庵”，这是白云岩的中心，寺院依山而建，坐北朝南，上悬“大雄宝殿”巨匾，字迹纵横驰骋，潇洒飘逸；三尊观音金身，两大一小，依次而立，殿右有关公塑像，巍然立之，关平、周仓分立左右。殿内紫烟缭绕，钟声回荡，游客香客络绎不绝。

继续向上，走过晓松禅师墓塔，穿过两边古木拥翠，绿叶密匝的石阶，青松翠柏之间，赫然发现一个岩洞，依洞建有妙音寺。岩洞外悬崖绝壁，怪石林立，古木参天，这里是白云岩自然风光最为独特的地方。

越爬越高，终于有筋疲力尽的感觉，可仔细一看，前面则是更崔嵬的山峰，白云缭绕，浩如烟海。便豪情不再，决定返程。想起王安石游褒禅山的情形，不禁心也有戚戚焉、遗憾焉，但遗憾又何尝不是一种美丽呢？它会使我总不忘在某个云缠雾绕的日子重上白云岩，去寻觅那份缺憾的美丽。

爆竹凼的传说

湖南省新化县城东曹家镇娘家管区勤三村有座天子山，又名添子山、千紫山。天子山矗立于资水东岸，常年林深木茂，万紫千红。天子山两旁的山峰略矮，像一把太师椅的扶手。中间主峰稍高，如椅背。主峰腰部下凹，似椅座。三峰造型俨然一把硕大雄伟的金銮宝椅。峰后，有五座小山峰簇拥着这宝椅，民间传说，这是“五龙捧圣”。山前，滔滔资江，千桨竞发，百舸争流。夜晚，新化城里灯火璀璨，如天上繁星。真是“日有千人拱手，夜照万盏明灯”。天子山，是一块绝佳的“风水宝地”。

相传洞庭湖底有一块出王出将的犀牛风水宝地，著名风水师杨祝平携徒弟前往堪舆，经过天子山，大吃一惊，对徒弟说：“此山头顶太阳，眼望昭阳（今邵阳），身坐峨阳，脚踏小阳，尾落益阳，乃五阳之地也！更后有五龙捧圣，前有蛟龙奔腾。如今山顶金光闪耀，有卧龙腾飞的征兆，要出真命天子了。”

师徒翻山越岭，寻找穴位，终于找到一个地方。师父说：“如果正穴位在此，今夜子时以后，铜钱就会变成金钱。”说完将一枚铜钱埋在正穴位上。这徒弟的舆地技艺并不亚于师父，顺手剪了一朵纸莲花，插了下去，正中铜钱之孔，说：“如果穴位中点在此，子夜以后，纸莲花将变为黄金花。”不想师徒的对话被正在天子山上砍柴的猎人罗明生听到了，他顿生邪念，待是夜子时过后，上山取走了金钱、金花，又埋下铜钱、插上纸莲花。

罗明生盗回金钱、金花后，想早添贵子，快出真命天子。他马上串通妻子，骗年迈老母舂米，趁她扒米不防备时，一碓头舂死老母，连夜葬于山上正穴位。第二天杨氏师徒上山查看，见穴位已被人安葬，师父惋惜地说："此地不发，世无地理！"徒弟想，人死到安葬在一夜之间，不可能这么巧这么急，肯定有问题，于是补了一句："此地不结（结：绝的意思），伤于天理！"把这块宝地给批断了。

当年秋天，罗妻怀孕了，罗明生满脸喜悦。一天，村里来了一个游方道士，送给罗一只凤凰、一把宝剑，嘱咐罗要把凤凰关在仓库里，等老婆生子满月后，才能让它飞出去，然后将宝剑丢向凤凰。罗妻怀胎三年，就是不产。有一天，罗的姑母来家串亲要看凤凰，罗拗缠不过，打开仓门，只见一道亮光，凤凰展翅而飞。罗连忙把宝剑丢去，剑光闪耀，追着凤凰一直飞到皇帝的金銮殿，插在正柱上。

皇帝正在金銮殿批阅奏折，那天奏折特别多，有几百件。奏折尚未批阅完，皇帝已经头昏脑涨，靠在龙椅上迷迷糊糊进入了梦乡。他梦见自己坐在龙椅上处理奏折，突见一个头戴铁帽扛着白旗的人拿着把光彩夺目的宝剑迎面走来，把宝剑径直向他掷去，只见一道亮光飞来，他急忙偏身，剑挨着他的脖子飞过插在身后的殿柱上，他吓出一身冷汗，从梦中惊醒。转头看身后的殿柱，柱子上果真插着一把宝剑。皇帝甚觉不祥，急宣钦天监询问。钦天监占卦一算，惊道："南方梅蛮之地出了真命主，现在尚未成熟，铲除还来得及。"皇帝立即发了御令：遣亲兵四万，循迹来到南方，按钦天监所指点，见行人戴铁帽者斩，扛白旗者杀。那一天，罗明生从城里买了一口铁锅，顶在头上，被士兵当戴铁帽者杀了。罗妻腆着大肚子从地里锄完草往家走，将白色湿汗巾挂在锄头柄上扛着晒干，远远看去像打着白旗，被士兵当作扛白旗者刺腹而死。怀了三年的婴儿从娘肚子里跳出来，对着士兵不服气地说：“我若吃了娘三口奶，尔等亦奈何不了我，非得跟尔等大战一场不可。”说完身亡。

是夜，山上的一山楠竹全部爆破，在每个竹节上，都有一个将军模样的男婴，英姿飒爽，脚踏马镫，如待征出发，据说都是这位真命主的文武百官，里面军师叫十麻子（姓戴，新化地区叫戴痞子，因怀才不遇气疯），文官有九麻子，武将有水牛将军等。此后这个地方就名叫“爆竹凼”。

现在，爆竹凼满山翠竹，郁郁葱葱，景色秀丽。“金銮椅”上，有一略略隆起的土堆，传说就是当年的罗母坟。

弯弯的龙溪

我和龙溪有着无法割舍的缘分。

龙溪是一条小河，属于资江的一级支流，发源于湖南新邵县和新化交界的天龙山，全长三十三公里。

童年的龙溪，水丰鱼阜，小虾小蟹随处可见。河水安详清澈，淙淙潺潺，生生不息。

我是在龙溪北边的留步司村诞生的。我的家乡四面环山，青翠幽静。山是乐园，龙溪也是我的乐园。一到夏天，把牛往山上一放，我就跳入龙溪戏水，摸小鱼小蟹。我最喜欢老屋底下的滩弄桥（亦叫滩渡桥）。这是一个月牙形水湾，碧潭汪汪，水深四米；右岸是由两块巨石垒成的跳台，我们小伙伴们经常从上面跳水；左边是百平方米左右的半圆形沙滩，脱光的衣物都胡乱丢在那里。但我时常担心龙还盘踞潭底。因为滩弄桥有这样一个传说：古时候，有一条巨龙藏身于金子寨山脚的龙王塝（现在岩门口水井对面）修炼，历经千百年。忽一日，龙身一滚唤来暴风骤雨，这条巨龙破水而出，游至滩弄桥，见深潭上有一木桥，雕龙画凤，流金溢彩，便来了兴趣，不忍离去。它在桥上桥下翻腾戏耍，没想到轰然一声，把桥弄断了。天庭大怒，命雷电二神下界惩处。突然电闪雷鸣，龙知大事不好，赶紧躲闪，游至龙潭湾（龙溪铺中学下面）藏匿，继续修炼，最终成了精，荣归南海。传说走的那天，那条巨龙乘风而起，呼啸而去，龙脚犹在龙溪铺，龙口已到大新乡（以前叫龙口溪）。龙戏桥的地方被人们称作滩弄桥，龙起步腾跃的地方便被人们称为“龙起步”，久而久之，便成了龙溪铺。我一直在想，龙走了，魂魄是否犹在？我想来恐惧，打了个水漂，石片柔缓地贴着水面滑行，涟漪生处，欸乃有声。龙溪的水，是古老而美丽的水，九曲十八弯龙吸的水。我曾无数次赤身裸体站在水里，让水有节奏地拍打，像母亲轻柔地抚摸……

后来，我长大后走向祖国大西北，四年后退伍回到故乡。我的爱也像故乡的河流，纤细而绵长。我来到龙溪，赤脚从鹅翅坝走到滩弄桥前往龙潭湾。重温流逝在那里的快乐和幸福，重拾作为一个人的信心和勇气。

鹅翅坝的右边是大名山，遐迩闻名的大名禅院耸立山顶。它殿宇辉煌，气派轩昂，高僧云集，香火兴旺。我曾一圈又一圈搜寻过禅院墙上东晋、南宋和清代的题词诗刻，一次又一次回味半云亭那傲骨的对联：“勺水挹龙溪，润流资古；孤亭当驿道，险镇梅南。”

在龙溪铺老街，我又看到了吴三桂冲冠一怒为红颜的陈圆圆之墓。据龙溪铺古镇地方流传，陈圆圆为女道士后，云游四方，死后葬于龙溪边老洪山下白果树旁的老街边，人感其望重，尊为洪山娘娘而庙祀之。民国诗人李荣慰为此写了一组诗，其一为：“红颜侠骨委征尘，绝代蛾眉孰等伦。不是将军中变节，江山规复美人身。”我想这纤纤女子，竟蔑视摒弃了富贵生活，毅然选择了凄凉云游，选择这幽深美丽的命运，令人肃然起敬。她活着时，从这座山翻越到那座山，从这条河走向那条河；她走了，灵魂也定然不忍离去，大约也一样想谛听水声吧……

再后来，我南下深圳，为了事业，二十年未返故里。这次回来，来到童年的乐园，我立在水中，好一阵快活。

好久以前，由于人们的环保意识淡薄，龙溪水变成细流，河床外露，多处有垃圾和臭味，河堤也遭毁坏。有时在水里搜寻两小时，再也未见鱼、虾、蟹的影子，以前的很多东西都没有了……

现在，龙溪铺镇随着城镇化建设步伐的加快，偏远山区如洞山、梅家山、十字路、迎光、下源等地的山民都集中迁往镇中心龙溪两岸买地建房，排水排污设施正在努力跟上，污水废水不准直接排往龙溪，垃圾严禁向龙溪丢弃。龙溪水越来越清亮了，人们的幸福指数又有所攀升……

弯弯的龙溪，你是一根山镇的琴弦，正奏响着时代的韵律。

神山，神山

初三下午六点吃完晚饭准时出发，赶往九十公里之外的娄底市新化县大熊山国家森林公园。从安化至新化没通高速，也没有国道和省道，只有一条单独的盘旋在崇山峻岭的045县道，像一条灰白的带子孤独地向大山深处延伸，消失在远处黑黝黝的山坳里；黛绿色的山头静静地躺着，述说着古朝古代茶马古道的故事；寒风吹过山野，发出呼呼的响声。我的小车蜿蜒行驶在大山之中，寂静得让人生畏。车像甲壳虫似的慢慢爬了一个小时，听见儿子胆怯地问："爸爸，山上阒无一人，如果突然冒出两个土匪怎么办?"一家人本来坐在车上就害怕，只是看着山谷林荫，修竹摇曳，还算宁静，经儿子这一点拨，神经惧然紧绷。七岁女儿首先被吓哭了，又看着夜幕降临笼罩山路漫漫无尽，吵着闹着不肯前进，要求倒回去。我只得马上给他们壮胆，笑着说："解放后就没土匪了，大过年的，即使有，也过年去了。况且，爸爸当过兵，一两个土匪也不是我的对手，你们放心吧!"听了这话，他们的心情才慢慢平静下来，颠着颠着就睡着了。晚上十一点，车终于抵达了大熊山，我们停宿在大熊山入口一百五十米处的小溪湖山庄。

大熊山之得名，系传说蚩尤战死涿鹿，黄帝挥师南下，直捣蚩尤老巢，烧毁寨栅，收编蚩尤余众。一日就寝，忽梦见天上一颗巨星落在身边，变成一只大熊，对他说："你已经被包围了，还不快走……"黄帝惊醒，大熊已不知去向，但见四周草木抖动，猿啼鹤唳，满山云雾迷蒙，不辨东南西北。黄帝内心恐惧，无心再战，撤离之际，将此山命名为“大熊山”，意即属我有熊氏之领地。大熊山又名熊胆山，但新化人都叫神山，是南方九黎朝拜之圣洁之山，因为蚩尤故里在大山深处而声名显赫。大熊山不仅是新化人地理意义上的高峰，更是他们精神的巅峰。

大熊山横亘在新化县北端，距县城五十多公里，总面积七十三平方公里，这里的地形和天山相似，同样由众多高山组成，有四十多座。最高峰九龙池为湘中之最，山顶有一池，深如墨，清凉彻骨，九股泉水从池底冒出，涌沙喷珠，咕咚声清脆悦耳。站在九龙池山巅揽月，高处不胜寒；极目远眺，身下的山峦林尖笼罩在轻烟之中，如披罗纱、笼缟素，幻化莫测，沧海茫茫。

第二天早上九点起床，吃完早餐开车上山。沿着盘山公路先上山，再下行，十多分钟来到了春姬峡谷。春姬是蚩尤老婆，曾在此居住。春姬峡谷山奇水秀，两侧峭壁相对，幽静神秘，壁上古树曲枝伸展，枝叶成屏；谷底巨石林立，姿态迥异，山涧水穿梭其中，汇集成池。冬春在此浣衣，夏秋可以游泳，充满着诗情画意。我们拍了几组照片，便返原路上山。

过了不知多久，路边看到一个清幽的水塘，叫荷树湾。水塘靠山修建了一个六角羞月亭。亭内赏景，抬眼即望竹影婆娑，涓涓细流自头顶山上飘然而下，汇入脚下水塘。时间随流水远去，清香随云雾升起。亭前一块石碑，黑底白字写着荷树湾美丽的传说。羞月亭上边是一个山庄，现在作为酒店招徕游客，门前一块石碑刻着它的独特介绍：“日照黄金满地，风来紫气绕梁。玉宇画进荷塘，弯月挂上俏树。流水绿海无涯，楼身白云一色。屋后三仙弄琴，楼前九龙跃舞。四面景观独秀，熊山谨此一楼。”路边一块大麻石上赫然雕刻：蚩尤故里！我想既然是蚩尤故里就应该立着蚩尤雕像才对，果真一个巨大的袒胸露臂的蚩尤站在身后，特别显神威。一块小石碑黑底金字刻着两个大字“蚩尤”和八行小字：“蚩尤与炎帝、黄帝并称中华文明三大始祖。中国古九黎、东夷的最高族长，苗族始祖。蚩尤民族勇猛好战，发明先进的青铜头盔和兵器，创建了多水地区的都邑祭祀，天文中心，统一历法。发明水牛耕作农业等。蚩尤故里大熊山，即古代大战神蚩尤之山，是蚩尤的故乡。”荷树湾是熊山第一关，相传进入这里，便是蚩尤八十一兄弟的生息地，也是一代战神的练武场，但史卷往往只为胜利者讴歌，对败者则没有华美的篇章和辉煌的记录，只有大山千年轮回的感悟和流水永唱着那首悲壮的歌。

根据史料，轩辕（黄帝）之时，神农氏世衰。诸侯相侵伐，暴虐百姓，而神农氏弗能征，轩辕乃习用干戈，以征不享，诸侯咸来宾从，尊轩辕为天子。而蚩尤身高八尺余，体长毛，头长角，勇猛善战，可呼风唤雨，驱使毒蛇猛兽，最为暴，莫能伐。遂与蚩尤会战中原，九战九败。天才授玄女旱魃与黄帝，施干旱，十战于河北涿鹿，擒杀蚩尤。蚩尤部落遗族自此退回南方，黄帝从而征之，南至于江，登熊湘。就这样，蚩尤遗族通过漫长的变迁，一部分被炎黄华夏主体民族融合，一部分被分化为许多的“少数民族”，其所属地域亦逐步变成了“王土”。只有蚩尤的老家梅山，凭借其险峻的地势和可耕可猎的生存环境，以及强悍的武功和笼络人心的巫教，坚持了数千年，直至中原王朝更替到宋朝，才最终“归服王化”，有了“安于王化”的安化和“新归王化”的新化。

我们的车继续沿山间公路盘旋，经过“蚩尤古井”“乾隆寻祖”“春姬望夫”后，路也越发破败，后来连水泥路也没有了，全是一些石子土路，车拐过几个弯，来到山顶，一看。到此已穷千里目，谁知才上一层山。也不知开了多久，上了几层山，车来到了熊山古寺。熊山古寺四周是莽莽苍苍的原始次生林，有许多珍贵树种，都挂着铭牌，如被誉为“活化石”的银杏，有濒临灭绝的金钱柳、连香树、罗柏、王爷树等。游客都说古寺香火灵验，我也去烧了两炷香。女儿提出再往上走，我一看还在另一座山的脚下，且山路太烂，就不想前行了，拟以肚饿收兵。女儿执拗不从，只好妥协再登古寺后面有风车的山顶。

站在山顶风车下，我已经汗流浃背喘不过气来，坐着石头看夕阳下的大熊山。淡淡的雾霭把山团团围住，迷茫中透着雄壮和神奇。风推着雾霭慢慢移动，前一刻仍清晰的山容，后一秒却一片白茫茫，如诗，如画，如梦，如幻。山空无他人，满是寂静，我陶醉在宁静之中，不忍离去。儿女却想下山，抱怨地说，多看一会儿，也就一会儿，总无法看到山的四季……

在山脚的熊山宾馆吃了土特产，我们才恋恋不舍地返家。

闻道文仙观

天地有道，万物有生。

我的目光透过弯弯曲曲的山道，与那些生长在山里的神话、传说、草木碰撞在一起，腾起一阵阵清静无为的云烟。远远仰望这座因高坪县文斤县令隐居修炼成仙而改名的文斤山（原名高顶山），总以为一人得道，近者圆通，陡峭壁立的岩岸，丹灶石床的长龙古洞，一定与文仙观的泥土和砖瓦有关，与植物和花朵有关，与飞鸟和流水有关，识心见性，超凡脱俗。

一脚踏上豁然开阔的半山腰，来到有仙则名的文仙观遗址，看见观在重建，坐忘守一。迎面的寒风伴着冬日的暖阳打在身上，将一直以来蓬勃在脑海里想象的文仙观撞击得青烟四起，仿佛看见文斤公从《广舆记》的庙宇里走来，在城隍庙祀神传度，在三官殿端坐奏职，在玉皇殿诵经修心，在五岳殿参玄炼性，在真人殿羽化成仙。我四处搜寻这些依山层叠的道观遗迹，却也成住坏空，只瞧见田间的小草，牛羊的脚印，坐西朝东的圆形道场印迹……

有庙宇的地方，就有好风水。

相传文仙观建在一块“天子宝地”上，穴位就在神像的身下。神像占据宝地，千年万年不挪窝，参日月，播山岚，向虔诚受众布“道生一，一生二，二生三，三生万物”。附近山民慑于神威不敢窃取，只有邵东县一个卖丝绵绸缎的布商，一直觊觎这块风水宝地。他想了一个办法，上山把爷爷的坟挖开，取出尸骨烧成灰烬，浇上合适的水用丝绸包好，来到文仙村租房住下以待机缘。

一个阴雨绵绵的日子，这个布商满满挑了一担布冒雨叫卖，到了文仙观不走了，找法师说，布被淋湿了，请求在观内一晾。法师济世度人，不知是计，欣然同意。布商马上把布铺展开来，深深浅浅的皂色玄色绵延而去，经幡一样，落在木栏、神坛、法器和神像上，把整个道观铺成了一种见素抱朴的内敛、含蓄形态。差不多晾干了，布商悄悄在神像前洒了一桶水，把布取下一部分堆在淋湿的土地上，从怀里取出包了骨灰的布包放于其中，点燃后一溜烟跑了。火燃起来，越烧越旺，一会儿，骨灰和布匹燃成的篝火，映红了神像威严的脸庞。骨灰在篝火“嘭嘭啪啪”的燃烧声中掉入湿润的土地往下渗，径直被风水宝地吸收，立即起反应。当文仙观快烧完的时候，天象开始显现，文仙村以及巨口铺栗坪街上鸡不鸣了，狗不吠了，所有住户的柴火灶也点不起火了。村民方才知道天子地被人葬了，纷纷赶往文仙观，只见文仙观袅袅中万象俱灰，未燃完的木屑在灰烬上舞出噼噼啪啪的节奏。他们立马拿出锄头找穴位挖土毁地，锄铲下去，骨灰已与天子地起了反应形成尸血，尸血伴着湿泥还在往下蔓延，欲形成最强大的图腾。村民齐心协力，一锄一锄把尸血铲出往外抛，让密密麻麻的雨水冲走。当这些土地被挖空，尸血铲除干净，葬的风水宝地也跟着毁灭了，鸡鸣狗吠，灶火重燃，才恢复常态……

道可道，非常道。从遗址盘旋迂萦至后面的山林，我们拾级攀缘，像一丛丛植物，回到广袤的山野，铆足了劲地舒展着枝叶。一株株高大的树木，张着墨绿的枝叶朝向阳光，追求着长生不老。无形无相的风，吹动满山的树叶发出“笑”声，呼啦啦，丝绸一样荡展开去，把整座山林漾出一波波绿色的温暖。父亲一声叫停，指着一块形似神龛的石头告诉我，神秘莫测的神仙树曾在那里占山为王，庇佑着文仙观，庇佑着这方百姓，看着前方像玉带一般的石马河，上善若水，凝固成亿年湛蓝的纹路。

我也像一个砍柴的樵夫，头戴藤枝绾成的圈链，坐在父亲身边，听他禅宗顿悟地讲神仙树的故事。几百年前，文仙村有一樵夫，来此砍柴，忽见一棵很大的沉香木，在吸风饮露，乘涬溟之气，每片叶子上立着一个金光闪闪的小神仙。他大喜，心想发财了，记住位置后回家告诉哥哥，相约第二天来砍树取宝。第二天一大早赶到这里，却怎么也找不到这棵树了。哥哥悻悻而归，责怪弟弟是面对满山绿树眼花缭乱，生出幻象。樵夫眼见是实，心里不服，不肯回去，就守着宝树现身。暮色四合，宝树果然又现身了，金光灿灿把这片铁褐色的山林照亮，樵夫来不及细想，赶紧解下红腰带系在树干上，心想这下跑不掉了。马上返回找哥哥。兄弟俩兴致勃勃地上山，只见满山大树，每棵树上都系着一条红腰带，樵夫辨不出哪棵是他系的，气得去解树上的带子，可是，解掉一棵树的红腰带后，满山的红腰带都不见了。树没砍成，从此，神仙树再也不现身了，隐没在了可以看得见的光阴和水天山色中，与风做永久的陪伴。

父亲手拿竹枝，边走边手舞足蹈地叙说着，对文仙观的传说如数家珍，沿着壁岩的“一对铁牛角”，拐进“超然子成仙”地，留给我一烟袋一烟袋的思绪，父亲恍若一个身着金丝银线道袍的道士，手持法器，吟唱着文仙观古老的曲调，在斋醮科仪，翩翩起舞。愈往上攀，愈觉道味拂面而来，我的汗水浸湿了背上的衣服，歪在草地上一看，几个同行者也气喘吁吁无力上援，只有父亲，直直地站在那里像一棵遵道贵德的树，独全其真。我们决定下山。我远远望见绿洲中的文仙观，从北宋初年创建至今，道法依然，可谓超越时空了，功行两全，证圣成真，在历史的褶皱里静默不言，守护着天地的秘密。念及此，不觉神思飘荡，似乎灵魂已随之羽化归去。

造访魏源故居

小时候，父亲经常用先祖李子木与魏源的故事激励我发奋读书，说他俩同在安化两江总督陶澍府上做红笔师爷（即幕僚），在那里出谋划策，吟诗作对，共事八年，形同兄弟。后来又各自去江西、江苏当知州，亦互通书信，文人相亲。我喜欢问父亲：“李子木在陶澍府上的红笔师爷相当于现在的什么官？”父亲告诉说：“至少相当于邵阳市的秘书长。”“那魏源呢？”“魏源晚去两年，职位低些，应该就是一个副秘书长吧！”我听了很高兴，一直想去魏源故居看看。

很难想象，从未去过的魏源故居，竟能如此牵动我的情思。

大年三十的下午四点，冬寒料峭。在隆回县司门前赵老板及其表妹的陪同下，我来到当地“沙洲回碧水，朗月照金潭”的那泓水边，造访魏源故居。

一条笔直的毛坯路尽头，魏源故居独立于开阔平坦的田园中间，槽门被当年的风水大师设计成坐西南朝东北，一条盛产黄金，柔丽如练的金水河（“文革”时改向在故居后面）迎面涌来，滔滔而入，似一袭金底银花，腾起清芬，从丹霞雾霭的群山深处，披着江南的和风，甩着楚女的纤手，轻盈飘逸径直通过槽门进入院落……这种金满仓的风水格局，注定了魏家富饶多金。当然，风水大师没有想到的是，魏家没能成为巨富大贾，却诞生了一个不世出的大思想家魏源。

魏源故居始建于清代乾隆初年，所在地名曰沙洲，实则一个台状的空地，因其地形狭长如船，故又名“船形上”，是一个坐西朝东两正两横木结构的四合院，四周用干打垒土墙围绕。从槽门进入院内，是个晒坪，面阔约二十二米，进深约十六米，两栋正房和左厢房均为平房，单檐悬山顶，盖小青瓦。正房面阔五间，进深两间；左厢房面阔五间，进深二间。右厢房为二层楼房，面阔七间，进深四间。底层五间皆为谷仓，两端为楼梯间，二楼为读书楼，中间三间讲堂，两梢间为书房。魏源小时候就是在这栋楼上捧着《声律启蒙》《训蒙骈句》《笠翁对韵》等书启蒙读书，篝灯秸光，足不下楼，以至于“偶尔下楼，家犬追咬”，“读书入了迷，粽子蘸墨吃”。如今，这里一切如旧，讲堂的桌凳仍摆得整整齐齐，只是人去楼空，物是人非，那个背面镌着“墨有宝，书有香，一亩田，是稻粱”的砚池和那块刻有“文生于情有春气，兴之所至无古人”的压书竹片也不知去向了。我站在木格窗前，试图寻觅魏源的踪迹，想象他的容颜，捕捉他的身影，辨认他的文具，把故事还原到那过往的历史时空。

表妹感叹魏源的成就唯有天成。我倒是觉得他勤苦读书，经过了破蛹成蝶的过程，还有就是沾了这里山水的秀气、灵气，才这般非同凡响，成为一个有大学问的人物。

魏源故居的金水河从盆地流过，河东河西，有两座山岭突然撞入眼帘，犹如钻石镶嵌在翡翠斑斓之中，异常亮丽，格外醒目，那就是狮山、象山。狮山如奔，象山若扑，连着南端看似闸板高耸云天的五主峰，形成故居所在地有名的“狮象把水口，金板铲龙门”胜迹。南面远处矗立群山峻岭中的笔架山，是由三座大山的山尖并排而成的一个大笔架，正好与故居读书楼遥遥相对，相互呼应，足不出户的魏源在楼上孜孜不倦博览群书，偶尔也停下来推窗远眺笔架山，看看行云流水、白云苍狗，与山水之间产生的微妙关系，精彩互动。这样，山水藏风聚气产生强大的力量行于楼上，沁润了魏源，使其体骸得气，气感而应显生气，是以钟山西崩，灵钟东应；木华于春，栗芽于室；魏源则以勤劳汗水和不凡成就衬托回报山水的优美文化，漫溢着一种风水文化的历史……

其实，我所追寻的魏源早已学富五车，著作等身，成为清代著名的启蒙思想家、政治家、文学家，近代中国“睁眼看世界第一人”。他以夷图夷语编成的《海国图志》五十卷，囊括了世界地理、历史、政制、经济、宗教、历法、文化、物产。对强国御侮、匡正时弊、振兴国脉之路作了有力的探索。提出“以夷攻夷”“以夷款夷”和“师夷长技以制夷”的观点，主张学习西方制造战舰、火械等先进技术和造兵、练兵、养兵之法，改革中国军队。难怪戊戌变法的梁启超对他不吝褒奖：“魏源好言经世之术，为《海国图志》……不龟手之药一也！”龚自珍更是赞誉有加：“读万卷书，行万里路；综一代典，成一家言。”

盘桓了一个时辰，终要离开了。这短短的时间里，我得以暂且超越尘世，告别庸常，完成了灵魂的洗礼，在对先贤的遥思中，生命得到了淬炼。汽车启动，挥手驶离。我从后视镜里看到，此时夕阳喷射下一朵绚丽的火烧云，燃烧弥漫在魏源故居的上空，像展开一朵五彩的花，绽放在了历史的苍穹。

感受圣贤灵魂

——访曾国藩故居富厚堂

一直想走进曾国藩故居，探寻其生活原壤上成长的印记和“乡间侯府”的历史遗迹，感受圣贤的人格魅力，提高自己的学识与修为。

大年初二下午三点四十分，怀着激动的心情，我从湖南邵阳老家开了近六个小时的车到了湖南省娄底市双峰县荷叶镇厚托村的曾国藩故居——富厚堂。

富厚堂始建于清同治四年（公元1865年），占地四万余平方米，建筑面积一万余平方米。土木结构，系明清回廊式建筑群体。包括门前的半月塘、门楼、八本堂主楼和公记、朴记、方记三座藏书楼、荷花池，后山的鸟鹤楼、棋亭、存朴亭，还有咸丰七年曾国藩亲手在家营建的思云馆等等，颇具园林风格。

富厚堂坐南朝北，背倚的半月形鳌鱼山，树木茂密，古树参天，从东南西三面把其围住。远观，富厚堂好似坐在一张围椅中。富厚堂前面是一片荷叶形的广阔荷塘，一直延伸至远方与青山相接，有近百亩；一条小河镶嵌其间向东流去，还有些零散分布的农舍；荷塘四周的重峦叠嶂，群山环抱，尽显着灵气和贵气。

台坪正中是大门，左前方那面硕大的湘军帅字旗在寒冷中猎猎生风，散发着曾国藩独有的威严，显得格外的庄严肃穆。

大门上悬挂着曾国藩长子曾纪泽书写的“毅勇侯第”黑底金字牌匾。无声诠释着曾国藩进入仕途后十年七迁，连升十级，被同治帝亲赐为一等毅勇侯，成为整个清朝以一介文人而封武侯的第一人。侯仅次于公，这在过去，是了不起的荣耀，所以当地人称之为“侯府”或“宰相府”。进入前大门，有广宽的内坪，坪内种植着奇花异草。通过坪中石板道，直至二进台阶。中厅门上悬挂着曾国藩所书的黑底金字匾额“富厚堂”。正堂分为前后两进，是富厚堂的主体，前厅名“八本堂”，厅内悬挂着曾国藩所书“八本堂”三个黑底金字匾额。“八本堂”是主楼的核心，是众人供奉、祭拜家族先人之地，府中大事、要事都在此商议举行。中厅后面是神台，五龙捧圣的神龛上，有曾纪泽直书的“曾氏历代先亲神位”匾；顶上悬着同治九年（公元1870年）皇上御书钦赐曾国藩的“勋高柱石”黑底金字横匾，两旁墙上还挂着赏赐的御书“福”“寿”二字直匾；神龛照壁上则是曾国藩于同治二年自书的“肃雍和鸣”白底蓝字横匾。

后厅的两旁是正房，一边住曾国藩夫人欧阳氏；另一边是曾纪泽夫妇住房。前栋左大门为南厅，两侧有四间正房，是曾国藩次子曾纪鸿夫妇住室；右大门为北厅，是曾纪鸿长子夫妇住室。南北两端还有三层的藏书楼，南端是曾国藩的公记书楼和曾纪泽的朴记书楼，北端是曾纪鸿的芳记书楼，这是富厚堂的精华所在，各类藏书达三十万卷，是中国近代最大的私家藏书楼。

我最后看了富厚堂的工具房、马厩房等配套房屋，刚好到了闭馆时间，便出来坐在宅西门的门墩上沉思。

对于曾国藩的评价，历来颇有争议，有人贬之为刽子手、民族罪人，但梁启超却赞扬其为“盖有史以来不一二睹之大人也；岂惟我国，抑全世界不一二睹之大人也”。毛泽东与蒋介石也都对曾国藩钦敬有加，认同曾氏是一位“可以垂统”的人物。纵使由于历史的客观原因，某些人对曾氏为大清朝廷效劳颇有微词，但对他的为人与政绩、学识等过人才能不得不颔首赞誉。曾国藩还是近代中国开拓创新第一人，他向西方学习，兴办近代工业、造炮制船的主张与魏源“师夷长技以制夷”振聋发聩的口号相比，毫不逊色。他提出的“思夷智，以造炮船，尤可以勤永久之略”，较魏源学习西方的“技术”，上升到了思想文化的层次。可见曾国藩在中国历史上的影响之大。

曾国藩还是中国传统文化之集大成者，完整地走完了“修身、齐家、治国、平天下”的做人之路，不同阶层、职业、年代的人，都能从曾国藩身上汲取养分——军事家可参考其治军之术，平民百姓可学习其家政之道，政治家可以仿效其为官爱民之道，书法爱好者也可以从其习字的见解上受益匪浅。可以说，到曾国藩故居走一遭，既可以体悟到曾国藩的思想情愫，又可以看到他与父母、子弟过从中所体现的孝悌亲情；既有齐家治国之方略，也有修身养性之轨迹。曾国藩曾经位居显要，可以呼风唤雨，发号施令，但他却要求父亲万不可入署干涉公事，倚仗权势，为所欲为。他告诫子弟要戒骄奢，尚勤勉，“由俭入奢易，由奢入俭难”。他那“屡战屡败，屡败屡战”，“打脱牙和血吞”等名言，使我仿佛感受到了一个名垂青史的历史人物的灵魂。

风井留影

风井，是个在地图上找不到的地理奇观，坐落于湖南省新邵县龙溪铺镇风井村217省道边，离我家仅有五里之遥。

风井村有座山叫岩山，山上草莽林深，蛇兽出没，山脚有一处石壁如削，壁下有一不起眼的屋檐式朝天洞穴，能容纳二十余人。洞内石壁有两井并列，上为风井，下为泉井。风井时有风出，隆冬时暖风习习，盛夏时冷气飒飒；泉井水流清澈，溢而不满，冬暖夏凉。风井与泉井相互感应，风井有风时则泉涌小，无风时则泉涌大，流淌千年，滋润着风井民众。

夏至清晨，我起个大早，太阳未出就搭乘一辆手扶拖拉机再次来探风井。我搜寻石刻，井口上方平整粗糙的石壁上，离地八米，可见两处摩崖石刻，上面是明万历三十二年县令余杰所题“风井宗溟”四个楷书阴刻大字。由于岁月的销蚀、几百年来雨水的冲刷和石头流垢填补遮蔽，字已不甚醒目。下方是长方形阳文古诗石刻，我用激光手电测量，长三米，宽一米二，字迹已有三分之一辨认不清，沧桑痕迹留下许多尘垢和污渍。我后来翻阅《新邵古今诗联选》才知道内容：“昔闻葛洪井，今作如是观。境渲形苦役，欲澹神长宽。风来觉福醒，月影照人寒。仙窟有神韵，遮莫由我看。”尾题：“东渝赵世龙和郑明府题潮源洞风井，崇祯庚午孟秋书。”我又在石壁下方找到了两行模糊石刻端详，原来是本地大理石厂刻的广告词和手机号码，线条粗糙潦草，有碍观瞻。

关于风井，历史故事众多，从古至今，诸多文人骚客途经此地，歇息取水，吟诗作赋。我翻阅的《新邵古今诗联选》里就收有二十五首，我特别欣赏明代知县郑澧阳写下的《风井石壁》：“潮源洞风井，南国两奇观。不谓人间有，谁知天壤宽。风清寰宇霁，洞邃野云寒。地主惭迂拙，山灵容我看。”由此可见古人对风井评价之高。

我轻吟着这首诗，踏着石阶走向翠绿清幽环绕的井沿，想掬饮岩山沁出的澄澈甘泉，品尝这流淌千年的不老神韵，却碰见一位浣洗婴儿尿片和衣物的少妇。我用乡音诘问她饮用水浣衣后怎么喝，她告诉我，现在家家通了自来水，此水只有牲口饮用和浣衣了。我甚为可惜，想当年，龙溪铺古属楚地，东汉分属昭陵县、昭阳县、益阳县；隋分属邵阳、邵陵县；唐代为梅山峒地；北宋时，以梅山之太阳、永宁、石马等地置新化县，自此迄元、明、清分属新化县，1952年由原邵阳新化两县各析一部而成新邵县，风井都是从新化至邵阳（宝庆府）的中心位置，各距四十公里，无论从邵阳去新化还是从新化去邵阳经过这古井，必口干舌燥，皆在此处歇息饱饮甘泉，还要带上一竹筒备在路上解渴。听父亲说，龙溪铺还设了个留步司的驿站，这是一个灵秀之地，往来人员骑者下马，坐者下轿，留步司祠堂口建了个龙溪亭，古人不仅可倚亭歇脚，如遇雨天，还能在亭中听雨作诗。龙溪亭还题有一副对联：“雾锁山头，樵子歌从云里唱；月横江上，渔翁渐向雪中吟。”那是一种怎样的闲情雅致；还有魏源、曾国藩、左宗棠、蔡锷、石达开、毛泽东都曾沿邵西古道经过此地，取水解渴，忧国忧民。历史却悄悄地发生了变化，现在，风井不但没有开发，亦不饮用了。

出得井来，我站在公路边远眺。岩山对面是大片稻田和村庄，我看到阡陌纵横的田埂上，一轮朝阳自遥远的山后喷薄而出，刷亮了田畴和村舍。一时“风井宗溟”便沐浴在朝阳中了，在阳光的陪衬下浮雕一般凸显，让人心头暖意融融。可是，如今风井是孤寂的，它静立于故乡的一角，会被时代发展的脚步所湮没和遗忘吗？

乌龟山的隐秘

乌龟山，地处湖南新邵县龙溪铺镇十字路村，在037县道旁。大名山的余脉向西北方向延伸，化为低矮山丘后一直伸展到缓缓起伏的梯田，最后却又在太平孤山突起，状若乌龟，昂首东南，露出铮骨豪气的容颜。山不高，但植被茂盛，生机盎然，光华四射，树更绿，更艳。站在乌龟山，隔着烟雾笼罩下的丘田，能看见对面那座巍峨的大名山。

从龙溪铺到乌龟山，要走十几里山路。037县道是一条简易的两车道水泥路，淙淙潺潺的龙溪河在左侧逆流相伴，曲折旖旎，有葱郁的诗意。两边都是高山，松杉林立，芳草遍野，被秋雨滋润着，绿油油的，入眼都是画。野花点点，偶尔在草丛中露出头来，俏皮地在风雨中摇曳。进入十字路，有很长一段山垭，垭口长风哓哓，两侧高山陡峭，树林云遮雾掩，空山不见人，有一种自然的幽静，止步、凝神、静听，可以捕捉到山谷中嗞嗞细响，让人生怯。这里“一夫当关，万夫莫开”，解放前土匪经常出没，拦路抢劫，屡屡得手。

走到乌龟山，还在下雨，一只兔子饿坏了，跑到山脚的庄稼地里觅食，看见我一闪而过，跑得没了踪影。山埂上有两头羊，一黑一白，冒雨走去小夼吃鸢尾草，咩咩叫着，声音随着山风梵音一般飘拂，使安静的乌龟山，挺有意境。

秀气的乌龟山上，没有路，雨水又多，我薅草为垫，大步小步踏着抵达山顶。山顶松树渐少，杉树渐多，还有一些梓树。每棵树像一把伞，遮住降落的雨。山上没有什么石头，拨开青黑色的苔草，下面尽是黄土，雨水流过，画下线条，斑驳成象形文字。

南麓下行，来到龟首处，这时山雾包拢着我，和雨汇合了。不知雨还在不在下，我见不到成串的雨点，但树叶在滴水。1977年那块在集体劳动中被刨出来的大石板，依然斜靠在堆土上，穿过蛮荒的岁月，默默守望着这畇畇土地，默默俯瞰着身边的风云变幻，仿佛还在等待那一对舞翩跹的石狮子归来。

当地著名的风水宝地——狮子地，即在此处。相传，那年冬天，唐代著名的风水大师杨救贫踏勘名山大川来到龙溪铺，经过留步司祠堂走到鹅翅坝时，兴奋地对徒弟说："看那龙溪河，清澈见底，一路逶迤，水随山势，山遂河湾，形成风水学上的'铁门闩'，好风水啊！你们数数，前面还有多少个。"他们一路跟踪到下源水库，一共是四十八个，杨救贫说："四处寻寻，应有好穴。"师徒三人根据龙脉寻到了乌龟山，杨救贫眼睛一亮，脱口而出："狮子地！"马上做了一个钳记："大名山下太平府，一对狮子对面舞，有人葬得此，代代出知府。"相度完毕，他们来到了双峰岭，坐在双峰亭歇脚。双峰岭西去乌龟山不足二公里，山路十八弯，素以寒冷著称，白露过后，霜染山风，寒冷刺骨。要翻越双峰岭，如果少穿了三条裤，就有"秋风何冽冽，白露为朝霜"冷飕飕的感觉，因此有人在双峰亭左边石柱上写下一句上联"双峰岭上霜风冷"，征下联，至今无人对上。杨救贫的徒弟冻得直打哆嗦，问师父："远处就是高坪峪，还去看吗？"杨救贫打了个寒战，站起身来，极目远眺，摇摇头说："地薄水浅山剥皮，转道吧。"此话很快流传开来，从此，高坪人一直怪责杨救贫，说把他们的风水断坏了说臭了，担心日后出不了大官。

杨救贫在乌龟山充满玄妙的声音立即打破了太平的平静与庸常，当地人纷纷延请风水大师前来堪舆想得到宝地，风水师来一拨走一拨，踏破铁鞋无觅处。“狮子地”依然扑朔迷离，销声匿迹在这片山野。1977年的大集体运动，生于斯长于斯的刘常尧当了龙溪铺的区委书记，他发动区内龙溪铺、田心、下源、留步司、鸦雀树、楠木、十字路、迎光等地的农民在太平开荒造田，成百上千人一干就是两个冬天（春、夏、秋要搞生产）。当他们挖到乌龟山的头部时，在龟嘴上腭离地表约两米处挖到了一块大罩子石板，掀开石板，下面一对天然生成的石狮子赫然出现在眼前：高约一米，长约两米，一公一母，面对面秀着舞姿，恩恩爱爱，母的面向长沙方向，被田心人当作“破四旧”的怪物抡锤砸碎了；公的头朝隆回，留步司人觉得砸了可惜，搬到了大名禅院守大门。至此，太平人才恍然大悟，寻觅千年的“狮子地”原来在这里。可知时已晚，徒有唏嘘。奇怪的是，“狮子地”毁坏之后，这里开出的水田从此断水了，全部成了旱地。

其实我也不知道什么风水，只是父亲带我去看了那对狮子，甚觉可爱，便记住了，知道它出生在乌龟山。长大后，又一次登临，已是中年，看见这块石板，却又望不见小时候看过的那对狮子，怅然若失。乌龟山这道神奇的风景，只有永远留驻在心头了。

鹅翅坝拱桥

冬日的傍晚，短暂而寒冷。光芒渐渐暗了下来，山村像涂抹了一层灰釉，有一种幽静的美。霜打过的风，透明而刺骨，从小溪上游吹来，让我打了个冷战。小溪是从遥远的天龙山而来，崴了四十几个弯来到这里，与龙溪汇合东流而去，入资江，奔洞庭，至东海，完成自己波澜壮阔的使命。

鹅翅山似飞鹅一翅，被罩上一层黛色，英姿飒爽浮在水面，平添了几分灵动。它心地粗坚率真，抚摸着小溪。一棵柏树，身高不足六米，随风倚向石桥，仿佛在倾听山村的密语。再看这桥，浑身被花草黄叶装扮，宛若游龙，在余晖中欲飞起来。它北起周家湾、洞山入口，南临十字路山垭，两岸的人们，早已用七百年的热忱挽留住了它。

桥面由五排青石板拼接而成，被鞋板和岁月打磨得光滑。护栏是厚重的长方体青石，两侧各七块，长短不一组合。桥身为石块和三合泥（石灰、沙子和土）结构，拱成半圆，如虹饮涧。石头缝隙里钻出一些柴草和老荽花，诉说着生命的坚韧。遥想当年，一行行脚印踏过，一辆辆马车踩过，一列列生死嫁娶的队伍经过，悲欢离合，轮番在此上演；漫长岁月，风吹雨打，洪水冲击，冰雪封冻，霜露侵蚀。而此桥不语，宛如一位白发苍髯的老者，洗尽铅华，自岿然不动，迎纳了一切，也铭记着一切。

迎面走来一位七十多岁的山民，叫刘德信。他说，此桥以前叫大永桥，始建于明代天启年间。他指着左边桥面告诉我，那里以前有一个四角茶亭，亭上有两副佳联，可惜在1954年修公路时拆除了。从前，他爷爷，还有爷爷的爷爷，热心在此为南来北往的人煮茶递水，看着溪水涨了又落，落了又涨。我忆起来，听父亲说过，桥下犹有堤坝，后来毁于山洪，没再筑起。此处是去高坪、新化和邵阳的中心位置，各距四十里，岸边原是无村的，四周山野茫茫，商贾行旅途经此处须自带竹筒水，以解口干舌燥之急。后来，有心人在此搭建茶亭。久而久之，居住在这里的人多起来。又因为这桥，鹅翅坝成了交通枢纽，从而在历史上流传下来。

“我爷爷说，距此桥不远的十字路中学前有座猪屎桥，桥附近有块风水宝地——猪屎地。相传那里居住一窠猪，一只母猪带着七只小猪崽。猪经常白天睡觉，夜晚出来觅食。它们很聪明，从来不吃窝边十字路的东西，而要跑到十里之外的龙溪铺田氹里祸害稻田和庄稼，吃饱后到鹅翅坝里洗澡，再返回住处屙屎尿、休息。因此，十字路的田土从来不用担粪施肥，禾苗长势却良好。

“1954年修建公路，猪屎桥被拆了填平，桥右侧的黄土下挖出一块大石板，下面隐藏着一条石母猪，重若千斤，咧着嘴趴在那里，形神俱备，让人感到惊奇。又在周围六块小罩子石板下面挖出六只石猪崽，每个二十至三十斤，甚是可爱，第七只猪崽没有挖到，可能跑掉了。修路工人没有损坏它们，母猪就由它趴在路边供人观赏，成为一处自然佳景，小猪崽全部搬到大名禅院去了……”

历史苍远，不见尽头，我感受到了脚下沉甸甸的厚重。低头注目，质朴敦厚，气质卓然。当年建造此桥，石头全部从十字路山上的悟顶庵运来，听说明明一百人做工，却只有九十九人吃饭，有一个是神仙。合拱那天，桥心最后一块嵌板怎么也不能咬合扣紧，用腰铁嵌入也不行，正愁眉苦脸之际，那个人说："我来试试。"他用力在那块石头上踩一脚，"咔嚓"一声，石榫嵌了进去，严丝合缝，完美无缺。只是石板上留下了一个深深的脚印，大约四十五码。这说明，建造这桥，费了多大的才思和财力，这一干石匠，必是将生命的沉思和对生活的热爱，倾注到了桥上。虽然清道光年间此桥被大水损毁，犹有刘德信的曾祖父刘一坤和李子木、李泽涵等人义修，使之达到古今如一。

刘德信渐渐走远了，消失在山路弯处。天黑了下来，我闻到金黄色老荽花的香味。小溪的水，转而油黑发亮，愈显桥之沧桑沉实。蟋蟀声从桥内响起，像是桥发出来的优美音乐。我也得走了，让美好留在桥上。

| 第三辑 |

且听风吟

大王的巡礼

罗浮山龙脉向西南，云彩萦绕，时而潜入地下，时而显形过峡，来到青皇，起顶于云霞缥缈之处，览尽群山，磅礴成大王山。

此次去登大王山，顺便要看看正在重建的千年古寺——惠云寺。

从深圳驱车前往进入塘厦时，天空乌云密布，轰隆的雷声震耳欲聋，紧接着，粗大的雨点哗哗而下，打在车身上发出“哒哒”声，顺着玻璃往下流。我心想这下麻烦了。车行至清溪，雨神奇地变小了。来到山前，雨霁天晴，乌云散去，由灰转白，软绵绵的。我们激动万分，畅快地走出车门踏上山路。不一会儿，天上朵朵云彩全部挤成一团变幻成一支骑着骏马的出征之师。驰骋在前头的，是跨着高头大马的霸王，睥睨威武，指点江山，演绎出一曲《大风歌》……

我正待仔细辨识，一个趄趔，滑了一跤。起身再抬头，就那么一瞬间，云彩的形态已经模糊了，声音也没了，就像一个乐章骤然而止，连震荡的余音都没有。太阳探出头来，空寂的山谷中，万籁无声。

山路并不陡峭，阔如砥，成“之”字形蜿蜒而上。循道行走，便见树之嫩绿浅绿深绿浓绿甚至墨绿，蓊蓊郁郁，它们好像统一了思想，决心要在这里绿得一统天下，盖住另类颜色。置身大王山，古木参天，藤萝密布，恍如走进了一个个攻防兼备的兵家阵地。树龄逾百的杧果树排成方阵；藤粗若臂，合纵连横十面埋伏；禾雀花点燃静谧，鱼鳞阵诱敌深入；滴水观音，茎秆粗长，在花苞的掩映下摇曳着七星北斗阵；荔枝摆了玄疑阵，龙眼布了一字长蛇阵……我被各种阵法惊呆了，即使豪迈如“目空天下万人敌，身是吾家千里驹”的石达开来到这里也会头晕脑涨，惊为天人。

蹭蹭上行，拐了几道弯，遇一磐石。磐石踞于斜峰垭口，骙瞿奔触，拟禽似兽，身上布满青苔，头顶光滑如玉，不是一块寻常石头。同伴惊呼：“这不是一只如飞鸟一样矫健的猴王吗？”我靠近细心观摩，浑然天成，能闻其啼，似见其挠。赶紧给猴王作揖。同伴见之，倏地跨到石头上，做“金鸡独立”状，右手挠腮，左手抠背，龇牙咧嘴学猴叫。怪模怪样把我逗得哈哈大笑。

路过野花浓烈的山地，我们还发现有养蜂的、养鸡的。他们面带笑容，偶尔还唱着熟悉的歌谣。朴实憨厚的曲子连绵又动情，那个韵味，承载着当地村民的轻松和安宁，如同米酒盈杯，醇香弥漫着大王山。

走得有些累了，正想薅草作垫休息，前方不远处的坡上有几棵荔枝树，高低参差，周身缀满了鸡冠色的珠子，风情妩媚，诱惑着我。我看了就有些饥渴，和同伴商量摘一些吃。同伴佯装高风亮节，对我大发阔论：“以前那些肩挑背驮而来的青皇村民，为了发家致富，胼手胝足，将大王山种出一片金山，凝聚了几多憧憬与艰辛。你不能这样不劳而获。”我说只摘几粒。同伴说，那么每人摘三粒吧。我听了大喜过望，“嗖”的一下攀上树，摘了一颗大的，张口咬开，一股香味漫散开来，沁入心脾。不由得吟哦起诗来：“罗浮山下四时春，卢橘杨梅次第新。日啖荔枝三百颗，不辞长作岭南人。”

终于抵达大王山顶，在建的九层佛塔已经盖到了第三层，看上去廊腰缓回，檐牙高啄，工艺精湛。不假时日，一座殿宇宏伟、檐角高翘的宝塔将在薄雾袅袅中拔地而起，像一尊千手观音普度众生，像一位巨人极目远眺——巍峨青穆，灵气四射！

这里地势块圠，卉木跃蔓。暮鼓凌风，梵音契雨。看重峦叠翠，新楼摩厦。让人心胸开阔，宠辱偕忘。我虔诚地跪了下来，合掌瞑目，接受大王山的洗礼，让纯美的梵音给我灵慧。此时，我竟真的修持有得，诗意大发，撰出一联：“古寺千年，莞城沧桑谁可证？晨钟百里，东江风雨佛来参。”

来到佛堂，谒见住持海印法师，闲谈证悟，身心通畅。大家赏江山之美，感百业之兴，聊佛塔再造，乐土可期。

冬天到日本看雪

一直盼望着下一场纷纷扬扬、弥天飞舞的鹅毛大雪。每次回湖南邵阳老家过年，都是等到天气转凉才动身的，到达故乡，不是天转晴了，就是雪下得太少，淡淡的、薄薄的，经不住行人的脚步，足迹过处，融入泥泞。没有大雪，鹅黄色的童话无从诞生，日子是昏黄的冷面浮雕，激情和诗歌无法抵达。二十年了，那雪只飘落在我记忆的童年里，消融在自己的遐想中。2016年春节前的最后一周，我特地去日本看雪。从北海道札幌往南，过仙台、东京至大阪，总算圆了久违的心愿。

小樽市，札幌的筱路町、虻田郡洞爷湖，雪都漫天飞舞，足足下了八十厘米厚，让我惊喜着、感动着。我的稚气一下子复活了，心亦年轻了，在琼花玉屑里尽情驰骋。雪是最好的玩具，我和妻儿追逐着、跳跃着，打起了雪仗，跑出一身汗水才消停，又去滑雪橇、堆雪人，不亦乐乎。看着银装素裹中妻儿忙碌的身影，思绪不禁回到了童年。山村每年冬天都要下雪，经常是不夹带雨点的大雪。夹着雨的雪堆不起来，湿泞泞的，反而弄得浑身是泥，回家挨打。干爽的雪洁净，静静地下，越大越好，一会儿工夫，拉开窗幔往外看，地是白的，瓦是白的，山野也是白的。于是按捺不住想往外跑。这时，父母是不准出门的，从墨黑的灶屋顶上斫两根猪筒骨，切几个大白萝卜，一家人围着柴火慢慢炖着，暖暖地吃着。我无心守着燃烧正旺的柴火，无心沐浴一屋的温暖，无心享用美味的香甜，唯一的心愿是快去玩雪。当吃暖和了，大人们围着柴火灶嗑着瓜子的时候，我才从父母的挥手中奔出家门。小伙伴们在雪地里的活动是丰富多彩的，手冻成红萝卜一样也不顾，直到夜幕降临父母的声音在山村召唤才恋恋不舍地返家。

老家的雪有两种，一种是六出冰花滚似绵的飘絮；另一种是沙子雪，极似河沙般的东西，灰蒙蒙懒懒散散地洒下。如遇雨天下雪，情景更不一样，屋檐上、树杈上开始挂冰凌，起先是短的、细的，风一吹摇摇欲坠。一夜过后，那冰凌变得又长又粗，牢牢地倒挂在屋檐的瓦片上，树木的枝叶上。这时，小伙伴们兴奋极了，从自家拿出竹竿木棍，对着冰凌大呵大砍，只听到“啪啪啪”落满一地。有个别冰凌又细又长，舍不得斫，从根部取下当宝贝玩，插进嘴里吃，别提多高兴了……时光以近乎冷酷的方式行进，关于雪的记忆，打捞不尽，是生命之初永久的胎记。我寒噤地立在妻儿堆得老高的雪人前，任漫宇琼瑶洒遍全身。一朵硕大的雪花忽闪着晶亮的双眸向我飘来，不偏不倚地落在手心，瞬间融化了。我惊诧于那么精准地扎过生命辙道的琼花，手心凉凉的，刺激着我的心脉高潮满溢，给予我启示和顿悟。人无来生，我的行程真与那朵雪花有关？它似乎等了我一千年，消融在我手心，连倾诉也冷却了。我想着，眼里一片晶莹，作了首诗《那朵雪花》：

我是冬的女儿
冰清玉洁的使者
至纯至美的精灵
我以婉转的歌喉
轻盈轮回的生命
毅然向你投奔而来
换取你一掬的爱怜

我知道 得到你的爱
会猝然香消玉殒永远消失
请挽起你的新娘
不要忧伤我的脆弱
不要痛苦我昙花一现的悲壮
我的爱人
我并不是没有办法回归生命
我并不是没有机会振臂山呼
我只想以水的柔情
冰的性格
美轮美奂的生命体姿容
给你我今生唯一的爱恋
从你晶莹的眼珠
折射
一颗高洁的灵魂

穿越内蒙古

第一次踏上内蒙古这片神秘的土地，北国风光、人文历史给了我很大的震撼和冲击。一望无际的草原，浩瀚无垠的沙漠，绵亘塞外的阴山，气势恢宏的成陵，让我经历了一次现实与梦想的穿越，回味悠长。

我7月26日傍晚从呼和浩特下飞机，27日早上七点向北去九十多公里外的希拉穆仁大草原，要翻越阴山的包头段大青山。在颠簸的大巴车上，我一直在怀古幽思唐代王昌龄的《出塞》中那句“不教胡马度阴山”。那时蒙古高原和中原大地很长一段时间内一直处于互不相通，连年战争的混乱状态之中，如果匈奴人骑着强健骏马，蹄声在寂静中震荡，波浪一般冲过阴山，中原就岌岌可危了。

阴山横亘在中国北部东西约一千公里，是北部边塞的天然屏障，历史上中原华夏族与漠北少数民族进行政治、经济、文化交流，乃至战争都必须翻越阴山。而阴山东段没有较平坦的峡谷，运输不便；中西段河套平原山谷虽多，但山高路险，山谷又有沙漠阻隔；只有我们现在的大青山段平坦宽阔，可通马车，是横穿阴山最理想的交通坦途，为历史上兵家必争之地。

我是江南人，一直无缘目睹阴山风采，今番见识，还是心中巍峨形象。那崔嵬的山峰，参差错落地镶嵌在山体，沿着山脊龙行而隐，依然让人感到它雄浑的气势。只是植被少，草木在岁月风雨的剥蚀下矮小稀疏。导游告诉我们，大青山以前草木茂盛，后来大树被砍伐殆尽，又因为严重缺水，导致土地沙化，草木更难生长。我们听后，无不感叹历史，感叹时光，感叹蓝天下逶迤于大青山表面的荒凉。

车经过两个半小时颠簸抵达希拉穆仁大草原的核心景区——红格尔敖包景区。希拉穆仁草原处于大青山余脉，平均海拔一千七百米，属丘陵地貌。想起小学时读的北朝民歌《敕勒歌》：“敕勒川，阴山下，天似穹庐，笼盖四野。天苍苍，野茫茫，风吹草低见牛羊。”我便很激动，以为草原莺飞草长，牛羊成群，心生痴醉。可在车上看到一闪而过的原野，草木低矮，就有一种疑惑。

下车后，我们受到了传统的蒙古族礼仪接待，三对可爱、热情、好客、纯朴的穿着蒙古族服饰的姑娘、小伙端着盛了二两左右马奶酒的银碗，唱着传统的我们听不懂的迎客歌，列队站在车门两侧给大家敬“下马酒”。此为蒙古人好客、待客的一种礼仪，远来贵宾领受，一般为一饮而尽，但对尊敬和不能饮酒的客人，只要你接受了酒盅，也就算接受了情意和礼节，可以不喝干的。客人要双手捧过酒杯，左手托着，用右手无名指蘸一下酒，扬天一弹，表示敬天，再蘸一下，对地一弹，表示敬地，然后蘸一下轻轻地在额头上一划，表示敬祖宗，最后轻轻抿一小口酒，将银碗及剩下的酒回递给蒙古族姑娘就是了。

我喝完酒走向草原。辽阔的草原一片浅绿，稀稀疏疏，草只长了二至三厘米，了无茂盛之态，惊讶和失落之余，顿生小小的烦恼。附近有三头牛在啃浅浅的野草，便过去看有没有奶牛。还真发现一头母牛的乳房无比硕大，像两个下垂的奶罐，充满着母性的力量。

我便游荡于草原这个角落，闻着飘荡的纯正的草原味道。我想，草原的野草应有牛蒡、蓟、蓼、萱草等等，还一定有蛐蛐、螽斯、吱啦子、铃虫等各色鸣虫，它们以或美妙或轻盈或粗鲁的鸣声，在草丛中弹奏出美妙的草原奏鸣曲。可寻来觅去，只找到几只蚱蜢，扑腾扑腾，不能远飞。大概北方的草与南方的不一样吧，位于湖南雪峰山脉南段的城步南山牧场，绵延八十余里，这里不但野花烂漫，虫鸣遍布，犹有“风吹草低见牛羊”的胜景。

两只蚱蜢背着从草丛蹦出来，飞到另一丛草里。这是一对不甘寂寞的虫子，多半是求偶成功后在交配。当我从草地踏过，它们大概受到惊吓，不忍分开，一起逃也似的飞出钻进另一草丛，继续快乐之事。我不禁莞尔，想着它们的幸福，人活着的艰苦，泪水涌向眼眶，也愿化作虫豸与辽阔的草原融为一体。

我早就想骑着白马像一个彪悍的蒙古族大汉驰骋在美丽的大草原上，到了草原，当然不可错过。我想选一匹白马，可不允许，这得听领队安排，我分得一匹高大的棕色马。

我从左侧蹬上马镫跨在马背上，立即觉得高大威猛起来。便夹打着马肚，勒紧缰绳想跑。在我的美感中，马是风暴，是闪电，即使马背上散发着腥膻味，也飘荡着矫健的英雄气息。可马不听我使唤，慢悠悠不敢越过前面的领队。遛了二十多分钟，我便跟领队商量，想找点奔驰的感觉。领队问我怕不怕颠簸和摔跤，我佯装不怕。于是领队要我们报名，选出六名胆大的带着狂奔。我扬鞭吆喝，风驰电掣般奔驰在草原上，像骑士一样洒脱、豪迈。只是臀部与马鞍摩擦厉害，痛得不是滋味。丘陵上跑快了，还真怕马失前蹄，摔个狗啃屎，便紧紧夹着马肚子，握紧马前靠，几圈下来，手都磨起泡了，但总算找到了点感觉。

第三天晚上，我们来到了内蒙古达拉特旗境内库布齐沙漠罕台河东岸半山腰的一粒沙度假酒店，准备天明去响沙湾。这里拥有浩瀚的大漠风光，中国最大的骆驼群，世界第一条沙漠索道，以“这里的沙漠会唱歌”而闻名。

这里有“响沙之王”美称，沙高一百一十米，依着滚滚沙丘，面临大川，背风向阳坡，地形呈月牙形分布，坡度向四十五度角倾斜，形成一个巨大的沙丘回音壁。沙子干燥时，游客登上沙丘顶往下滑沙，沙丘会发出轰隆声，轻则如青蛙“呱呱叫”，重则似汽车轰鸣，又像惊雷贯耳，更若一曲激昂澎湃的交响乐。

响沙湾的沙鸣奇迹至今仍是一个谜，众说纷纭，有摩擦静电说、地理环境说，筛匀汰净理论、“共鸣箱”理论等等，还有诸多传说，有一个相传甚广：传说很久以前，这里是一座规模宏大的喇嘛庙，正当千余喇嘛聚众诵经，击鼓吹号时，突然狂风大作，顷刻间将寺庙掩埋在沙漠中，这声音便是喇嘛们冤魂不散，至今仍在击鼓吹号。

第四天一大早，我们吃完早饭匆匆上路，坐上了沙漠“冲浪号”勒勒车，转乘沙漠的火车，再骑骆驼跟着长长的驼铃商队，路过古老的蒙古族部落，来到了响沙湾的悦沙岛。

我一头扎进沙海，茫茫黄沙细得像米粉，脚踩上去是温热的、轻柔的、曼妙的，沙在脚上缓缓流动，淌出奇妙的旋律。

沙漠的世界没有生命，四周沙粉使得这个世界充满着音响、色彩和律动；沙漠的世界也没有界限，人间天上连在一起，人在沙漠里就是一粒沙，顷刻间已被一派迷蒙的黄色吞没，以一种独有的荒芜和姿态存在着。文字在这里没有作用，也无法描写，它的纯洁造就了世间少有的美丽和冷峻，造成了大美不矜的本色。我在沙漠里徘徊，不知不觉就把身心交给沙漠，忘了自己是谁，平静得自然天成。闭上眼，感受细沙抚慰肌肤的快感，伴着徐徐清风想入睡；睁开眼，明丽炫目的蓝天、白云、黄沙都悠远无边，有一种神游物外的不真实感。面对沙漠，可以让忧郁的人变得开朗，狭隘的人变得宽厚，肤浅的人变得深沉，深刻的人变得天真。

我坐在沙丘顶，双腿前伸，用力下滑，想倾听沙子唱歌。可昨夜小雨，沙子不再干燥，除了满身沾满沙末，无从听得沙鸣。

我们又骑骆驼去了越仙沙岛，观看蒙古族姑娘、小伙们高空走钢丝、环球飞车、刀山、吃火、喷火等惊险刺激的表演，他们的热情，好像一把火，燃烧了整个沙漠。

在内蒙古的最后一天，我们去参观、拜谒了原为全体蒙古族民众供奉的“总神祇”——成吉思汗陵。它位于鄂尔多斯市伊金霍洛旗草原上，是成吉思汗的衣冠冢。

陵园占地面积五万五千多平方米，主体建筑由三座蒙古式的大殿和与之相连的廊房组成。建筑分为正殿、寝宫、东殿、西殿、东廊、西廊六个部分。建筑雄伟，具有浓郁的蒙古民族风格。

蒙古族是马背民族，成吉思汗在那么艰难困苦的条件下，戎马一生，没有人能挡得住他杀戮的铁蹄。他以惊人的胆略，恢宏的气势，百折不挠的精神顽强奋斗，南征北战，不但统一了蒙古各部，结束了自唐末以来四百多年长期分裂战乱的局面，建立了我国版图最大的一统王朝。一代天骄成吉思汗具有与秦皇、汉武相媲美的崇高地位，蜚声四海，震惊全球。只可惜元朝只统治了短短的九十八年就退出了历史舞台，成为历史上的匆匆过客。

最让人惊诧的是成吉思汗打下的元朝版图，横跨欧亚大陆，我久久地伫立在蒙古帝国的版图前不忍离去。成吉思汗，你是那个时代最耀眼的一颗明星，也是历史永远关注的英雄。

海南行

经过近一个小时的短暂飞行，飞机徐徐降落在椰城美兰国际机场，我们一家四口拖着旅行箱，手捧一杯浓香的兴隆椰奶，一边啜饮一边悠闲地等待导游阿威的迎接，以开启海南之旅。

旅游车上了高速公路，从海口赶往第一站定安县。海南的高速公路不用收费，高速公路费含在了汽车的燃油附加费里了，所以每升油费比其他地方要贵九毛钱左右。同时我发现路上本地车极少，外地号牌的车辆居多。导游解释说，因为海南的简称“琼”与“穷”同音，有些本地人忌讳，买车宁愿要个外地车牌。

到了定安，我们去了海南热带飞禽世界看鸟，途经文笔峰、南丽湖，来到万泉河玩竹筏漂流。说是漂流，其实是用一艘马达船拴了一根绳子拖着竹筏在水面兜圈，看风景，打水仗。

下了竹筏，我们步行到五十米开外的翱翔码头，坐游艇观赏万泉河风光。万泉河是海南第三大河，河水温顺平缓，漫江碧透，两岸椰林起伏，乔木参天，犹如一幅水绕山转的山水画长轴，被誉为中国的“亚马孙河”，令我不禁想起了那首唱遍大江南北的名歌《我爱五指山，我爱万泉河》。在路上，浏览了东屿岛上博鳌亚洲论坛会址，来到了被称为南海龙王腰带的玉带滩。玉带滩是一条窄窄的、长长的沙滩，千百年来任凭风吹浪打，却稳稳当当卧于江海之间，岿然不动，不禁让人赞叹大自然的鬼斧神工。它的外侧为一望无际的南海，烟波浩渺；内侧是水泛银波的三江交汇内湖，湖光山色。广为人们喜爱的对联“生意兴隆通四海，财源广进达三江”的“三江”就是眼前的：万泉河、九曲江、龙滚河。交汇奔腾入海处为景点三江入海口。前方不远处，有一个由多块黑色巨石组成的岸礁，屹立在南海的波浪之中，突兀嵯峨，那便是“圣公石”。传说它是女娲补天时不慎拨落的几颗砾石。此石乃有神灵，选中这块苍龙入海处和玉带滩厮守相望，构成一幅奇异的景观。

离开玉带滩已经很晚了，我们遇到了难得的雨及雨后彩虹。驱车赶往兴隆镇看人妖晚会，晚上宿在金银岛度假村。

车经过牛岭山脉去三亚时明显感到更热了。导游告诉我们，海南以牛岭山脉为界，南面更热，温差七八度呢，所以过了牛岭山脉就到了真正的热带。我们热得不得了，下车去分界洲岛游泳，潜水看五彩缤纷的海底世界，不亦乐乎。

三亚的龙地亚龙湾被誉为天下第一湾，是海南绝佳的风水宝地，它坐北朝南，三面环山，面临大海，四象必备。据说自古以来，海南人民对风水的追求与珍视，有如对道德的尊崇。这是祖辈赋予的血脉渊源，他们始终认为亚龙湾的山泽是通气的，有很多的水汽的通道，就像一片树叶都会有输送水汽的脉络，这些脉络被称为来龙去脉，即龙脉。群山之中的绝佳龙脉造就了亚龙湾的绝佳风水。我在沙滩上徘徊，远眺亚龙湾的群山峻岭，目光随着山形水势飘逸逶迤，寻找风水结穴处，可是学识不高，到底茫然。只是看到了古树盘根错节生生不息，它们与世世代代的本地居民共同守护这灵秀之地，穿越时空，栉风沐雨。我头顶蓝蓝的天空，明媚的阳光，脚踏洁白细软的沙滩、澄澈晶莹的海水，回过身来，却看到了一只白鹭展翅在蔚蓝的海面贴着白浪飘飞，不禁发出一句感叹“三亚归来不看海，除却亚龙不是湾”。

旅游的最后一站是“天涯海角”，它伫立在马岭山脉蜿蜒延伸的海岸上，昂首天外，峥嵘壮观。这里是情人们表达心迹的海誓山盟之地，是恋人“天涯海角永相随”的见证之所。我坐着游艇来到“天涯海角”之前，想到它是中国古代四大流放之地，竟有一种历史气压罩住全身，满脑子浮现的是古代朝廷被贬谪的官员，他们一经流放，便没有再回去，天涯海角成了他们心中天地尽头永远的悲怆。唐代宰相杨炎写的《流崖州至鬼门关作》：“一去一万里，千知千不还。崖州何处在？生度鬼门关。”可见是最凄苦的。我不想久留，叫游艇赶快离开，往“日月同辉”石和“南天一柱”石驶去……海南游让我感受到了人生的各种味道。

漫访台湾

我一直向往邂逅这三个地方：一个是意大利的托斯卡纳，一个是法国的普罗旺斯，另一个就是我国的台湾。它们的气质颇为相符，美酒美食美景加上浓郁的人文艺术气息，滋养了生活的闲适，也成就了浪漫的情怀。

去年七月，我一位画家朋友刘华旺去台湾举办画展，他在那片热土上创作了一幅巨大的《台湾与海》，这幅纸笔山水画勾勒了他在台湾的生活逸趣和山野风情，描绘了台湾与海相依相偎。屏息凝视，让人没有了想象，只剩下海，这巨大的水，漾漾地簇拥着山水台湾，潮起潮落……让我好生新奇与激动，造就了首访台湾的直接原因。

台湾是我国第一大宝岛，地处东南沿海，北临东海，东面太平洋，南望南海，西隔台湾海峡与福建相望，面积约3.6万平方千米，以神木和红珊瑚闻名，是天然的“海洋生物牧场”，有“水果王国”和“亚洲天然植物园”美誉。

走下舷梯，七月的台湾骄阳似火，万丈光芒直射下来将我满身的疲惫一层层剥落，渲染出一层橘红。

第二天早上八点，我们的车沿着九曲山径蜿蜒前行，直奔南投县鱼池乡水社村风光旖旎的日月潭，这是幅被蓝天、碧水、煦阳与山林所共同编织而成的风景画，是由玉山和阿里山断裂盆地积水而成的明珠之冠。

日月潭本来是两个单独的淡水湖泊，水深不过七米，后因发电需要，在下游筑坝，水面上升，两湖连成一体了，水深达四十多米，环潭周长三十五公里，成为一个千峰万岭的高山湖泊。

日月潭是高山族邵族人的聚居地，它的发现有一个美丽的传说：三百年前邵族部落首领毛王爷组织四十个山胞集体上阿里山打猎，发现一只体形巨大的白色水鹿窜向西北，于是尾随追踪。他们穿山越岭，追了三天三夜。正当他们紧追不舍的时候，白鹿在一个小岛上失去踪影。山胞们继续搜寻，豁然发现在绿树叠翠的重重围拥之中，一湖碧水在晴空下静静地闪耀着宝蓝色的光芒，就像纯洁的婴儿甜蜜地偎依在母亲怀中酣睡，这个草木茂密的锥形小岛，把大湖一分为二，一半圆如太阳，其水赤色；一半曲若新月，其水澄碧，于是他们把这大湖称为“日月潭”，小岛叫拉鲁岛。他们发现这里水丰土沃，潭深岭峻，宜耕宜狩，毛王爷决定全族迁居此地，安居乐业，福泽后代。

我们在水社码头登“成功3号”游艇上日月潭。湖面如琉璃明镜，云水四合，顿有凭虚凌空，飞入仙境之感。游艇朝着当年蒋介石行馆缓慢地漂移，太阳在头顶静静地照着潭面，潭在脚下涌着温和的浪，近处是绿波，远处是绿波，日光穿透这无数的树所织出的绿的帷幕，羽化成淡白色。路过水坝，导游遥指山上的慈恩塔、玄光寺、文武庙为我们介绍着。我犹真犹幻，无心听他讲解，只觉得水环山以外，山在水之中。十几分钟过去，游艇泊在拉鲁岛白鹿雕像边，导游教我们分辨日潭和月潭。而后，游艇载我们来到日月潭南面的青龙山脚下。此山地势险峻，林木繁茂。我们弃舟，在山脚阿婆店每人吃了两个用灵芝草药熬了八个小时的茶鸡蛋补充体力后上山。经“千秋苦旅”景点，走石径，登1300多级石阶来到玄奘寺。玄奘寺香烟缭绕，禅音如韵，把山麓浸滤得一片空明。我们瞻仰了唐代高僧唐玄奘的头顶灵骨，想攀登山顶的九层“慈恩塔”，可导游规定的下山时间到了，甚是可惜。据说当年蒋介石思母成疾而建了“慈恩塔”，是仿辽宋古塔式样，为八角宝塔，塔基至塔顶高45米，加上青龙山高955米，恰恰为1000米。有人说登塔远眺，不仅日月潭风光通览无遗，还可望见大陆西子湖畔元和塔尖，这固然有如神话，我却无缘领略了。下山登舟，从朝雾码头上岸，依依惜别日月潭。

第三天早上七点，涂了防晒霜上车，我们合唱“高山青，涧水蓝，阿里山的姑娘美如水呀，阿里山的少年壮如山……”兴致勃勃地朝阿里山进发，适逢碰到了叫“浣熊”的台风，虽然风向着菲律宾刮去了，但外围环流的影响使整个台湾下起了大雨，阿里山成了雨山，一眼望去，水帘重重外，气势雄伟，山岚缭绕。阿里山林相丰富，800米以下为热带林木，主要由高大挺拔的桉树、椰子树、相思树、构树和槟榔树构成；800—1800米为暖带林木，有阔叶的樟树、枫树、楠树、榉树和楮树等；1800—3000米为温带林，有红桧、扁柏、杉树及松树；3000—3500米的属于寒带林木，主要是台湾冷杉。这些奇木异树，在阿里山上汇成一片绿色的海洋。风雨劲吹，山林如惊天骇浪，发出轰天雷鸣，形成万顷林涛。

我们的车穿过八掌溪越过天长地久桥直接开到了海拔2000多米的神木车站。从神木车站去沼平车站要上二楼坐火车。这种火车是当年日本人运载神木用的，两轨之间的距离较窄。火车是当年日本人丧心病狂砍伐神木的见证，“呜——呜——”地控诉掠夺者的罪恶。

下了火车，我们穿上雨衣走向山林，当年郁郁葱葱的擎天桧木森林现在只剩下零星残林，到处可见被砍伐后留下的巨大的树桩，鳞次栉比，让人触目惊心，它们有的像猪头，有的像水桶，色泽暗淡，长满青苔，深深的木纹见证着历史。我们一边拍摄，一边为天然林的沦亡而叹息。想着长了3000多年的30余万株神木被日本人30余年砍伐殆尽，通过专门修筑的高山铁道祝山线、眠月线、神木线运载下山，装船出海，运抵日本修建他们的皇宫和神庙，以及靖国神社，想到这里我就伤心欲绝。

沿途的满目疮痍，让我全然没了欣赏山景的兴致。直至看到了那座破坏的“树灵塔”。导游告诉我们，1935年，日本人大量砍伐山区的千年神木，不少伐木工人因罹患怪病死亡。日本人认为这是对神木痛下杀手惹的祸，树灵发怒，怕遭受报应，便在残留之地兴建“树灵塔”，祭祀树灵。现在，塔也残破了，说明神灵是不会保佑贪婪和掠夺成性的恶人的。

心情好了些，不知不觉来到姊妹潭。这两个比邻小湖，绿幽幽的水并不深。据说从前有一对山地姊妹同时爱上了一名男子，又不愿伤害姊妹之情，于是双双投潭自尽，殒命在姊潭和妹潭。这是一则悱恻感人的爱情故事，但姊妹潭的风景是怡人的。草木芳香萋萋，林间鸟鸣啁啾，山涧连着蒙蒙的雨儿潺潺入潭，美如花朵，一群小蝌蚪迎着浪花摆动着，悠游自在。想起当年姊妹潭中戏水，与蛙同乐，该有多么清凉畅快。思索中，突然一道清丽的阳光从头顶树叶间斜射进来，驱赶着满山的潮气，使姊妹潭更加明快绮丽，我看见了潭面有粼粼的波光，潭也显得快乐起来。

我们过了“三兄弟”，来到“千年桧”旁欣赏。这是株红桧，高凌云霄，虬劲苍郁；色淡而红，质地细而结实；全身弥漫着淡淡而无辛味的香气。它在雨中摇曳的身姿，像一株巨大的画笔，创作着一幅阿里山的胜景。

我们往下走，经“象鼻木”、受镇宫、慈云寺，再原路坐火车下山，向有“台湾西湖”美誉的高雄市西子湾风景区驶去。

车经过高雄地方法院前看到一条宽阔的河，导游神采飞扬地说这是台湾的“爱河”。我们就闹着下河游玩，导游面露难色，怕我们失望。下来一看，河面上漂着丝丝油污，在太阳下反射出七彩光带，沿河东路流淌；空气中有股淡淡的腥臭，让人难受。我不禁伤心地作诗吟唱：

爱河，
纯洁得像一束栀子花的爱河，

开放在爱人面前的爱河，
你现在怎么啦？
世道把你污染了？
面对你，
我的爱找不到当初的意义，
那片情，
下不了水，
上不了岸，
尽逝在你面前！

吟毕，赢得了同行的阵阵掌声。

来到打狗英国领事馆，到处都有当年英国对高雄的侵占图文，还有日占时期血泪斑斑的文献史料。高雄原本物产丰富的资源被侵略者掠夺得一干二净，民众不但生活艰辛，思想还要受到钳制。我的心又充满悲怆，无心欣赏眼下港口的景致了。

屏东是台湾的水果之乡，杜拉拉水果城的货架上摆满了各种各样的新鲜水果。我们买了一些上路，边品尝边欣赏200公里宽的台湾海峡，前往恒春古镇看“抢孤”。“抢孤”原指七月十五中元节祭典完毕，众人抢夺祭祀孤魂野鬼祭品之盛况，现在演变成了由当地民众组队攀爬孤柱的竞争方式，抢夺放在孤棚顶上的祭品。可是我们去晚了，没看成，便去观看以前当地人与日本作战的两个古战场，向北走到“出火”口，观赏红红的“恒春地火”永不消失的地质奇观。

第四天一大早我们来到了垦丁国家公园，游一圈后顶着烈日上“猫鼻头”看海。“猫鼻头”是一块突兀于海边貌似猫鼻的高高悬崖，为典型的珊瑚海岸侵蚀地形。站在猫鼻头上远眺茫茫蔚蓝大海，左边是台湾海峡，右边是巴士海峡，令人心胸开阔，心旷神怡。

鹅銮鼻在台湾的最南端，地处山脉尽头，尖端挺伸海外形成半岛，一面背山，三面临海，是太平洋、巴士海峡和台湾海峡的分界处，是南部海上轮船往来必经之处，重要性有如非洲的“好望角”。在此建设的“鹅銮鼻灯塔”有“东亚之光”的美称。伫立灯塔上极目远眺，太平洋、巴士海峡与台湾海峡碧波万顷，海天一色，有一种有容乃大的畅快。

从台东县东部珊瑚馆去花莲我们走的是花东海岸线公路，公路沿太平洋海岸蜿蜒伸展，满目是蔚蓝海水和海岸美景，两个多小时让我们全无倦意。我们远眺三仙台，踏足北回归线，过都兰山，造访“水往上流”风景区，抵达被称为“大理石峡谷”的太鲁阁公园。车停靠在靳珩桥与溪畔隧道之间的“燕子口”。燕子口是太鲁阁峡谷的一段幽谷迂回的雄峻峭壁，壁上有无数小岩洞，燕群在其内筑巢而居，因“百燕鸣谷”而得名。我们每人必须戴安全帽，沿燕子口隧道徒步至秀富隧道。沿途所见惊心动魄，皆为壁立千仞的断崖、峡谷和峭壁，有的仿佛被神秘力量一刀劈下，断裂之处非常整齐。加上时间风雨的侵蚀，呈现出丰富的层次和色彩。走在断崖的峡谷上方，天空尽为山势所阻，引颈仰望，不见青天；俯首下探，谷深万丈，若不小心跌落山崖，必定碎成齑粉。让人不得不叹服造化之鬼斧神工。

换乘火车前往宜兰，抵达苏澳。我们去了台湾最北端的一个孤岛——和平岛。因经年受到东北季风的吹袭和浪蚀、雨淋，岛上多处出现了天成的海蚀平台、豆腐岩、蕈状岩、千叠敷等奇石怪岩景观，把我们看得眼花缭乱。累了歇了，我们捧一碗园区赠送的“石花冻”吃，放下碗再看北部的海上门户——基隆港。你别小看这个港口，当年大陆的文物就是从这里上岸运至台北的。中国历代主要是宋、元、明、清四朝宫廷的收藏，包括古物、图书、文献等，数量达65.5万余件的搬运场面是何等宏大，可以想象，在太空俯瞰也似蚂蚁搬家般铺天盖地黑压压一大片。

我们最后一天去了台北中正纪念堂、自由广场和台北“故宫博物院”。关于博物馆，我不想浓墨重彩去描绘，因为只走马观花地看了两小时，适值书画类轮展到唐伯虎作品，我也只粗略地看了一下他画的惟妙惟肖的大屁股女人，那时以胖为美。因为如果想一件一件端详，不说两小时，两年也不行。

踏足台湾，一晤温暖人心。

芬芳鲁家村

冬至时节，我随深圳市龙华区文联文学采风团一行走进鲁家村。这个位于桂林市秀峰区桃花江畔的村庄，以豆浆、豆腐、豆腐鱼、豆腐鸡等豆腐美食闻名遐迩。鲁家村，依山傍水，绿林掩映，四周田畴纵横，风光旖旎，电影《西游记》片头风光即取景于此。

鲁家村离市区虽然只有三公里，但旧时却属穷乡僻壤。村民并不姓鲁，先祖系明代从江西南逃难而来的欧阳人家，发现这里风景秀丽，便扎根定居，生了五个儿子，分为五家，俗称伍家村，因“伍”与“鲁”发音相近，便把“伍”读成“鲁”，后来以讹传讹，伍家村也就变成了鲁家村。村民善做传统地方风味豆腐、豆浆制品，但不懂经营，生活穷苦 。全村六十五户，房屋破旧，低矮零乱，巷道狭窄，污水直排入江，村貌与周边优美的山水风光极不协调。

直到2010年6月，当地政府紧紧抓住桂林市推进国家旅游综合改革实验区和国家服务业综合改革试点区域的契机，按照统一规划、统一拆除、统一新建、统一安置的原则，对鲁家村实施了村庄风貌改造。改造后全村占地面积58亩，新建联排式桂北民居糅合徽派元素风格的房屋98栋，建筑面积25600平方米，并新建了古戏台、印象西游、豆腐世家、百寿元等景区。2012年开村，吸引了来自国内外的宾客，日平均接待游客2000多人次。村民们有了旅游发展平台，开始拓宽思路，多渠道发展经济，开有大自然、福熙田园等15家饭店，有水秀、水云居、明月芦花、彼岸别院等10家特色酒店，还有茶庄、咖啡厅、超市、小卖部、土特产店、小吃店、油茶店、养生馆等多种业态，日子越过越红火。

我们穿过横跨桃花江的风雨桥，来到这一片繁荣景象的旅游村的时候，正值午后的暖阳高照，金色的太阳把水车豆腐坊、石磨广场和婀娜多姿的村容渲染得艳丽夺目。石子儿铺就的小路曲径通幽，向着四面八方，小桥流水，古韵悠悠，以村中石磨广场为中心，贯穿村中的小径与溪流为荷叶脉络，整个村落呈现出一片“荷叶”状，各节点的小品犹如荷叶上的水珠散落其间，美不胜收。只见一群老年妇女像小姑娘一样欢快地跳着傩舞。他们迎着作家们，穿着鲜艳的衣服，戴着精美的面具，吹着悠扬的芦笛，敲着响亮的锣鼓。这群人老当益壮，手舞足蹈，不时赢得我们清脆的笑声和阵阵掌声……我还看到有不少人在兴致勃勃地拍照摄影，留下美好瞬间。

我们在村间小径走着、看着、玩着，沉醉在这樟树飘香的美景中，似乎已忘记前来采风写作的初衷。忽然，一阵清风过去，飘来了同伴朗诵的诗句：“一大青山云接天，白水茫茫总是泉。不见神仙何处觅，舟工来问渡头船。”我听着这首藏头诗，居然与眼前的景致相仿，不禁兴致高涨，也随口吟了一首藏头诗：“夜来天上星稀明，月下高吟李白诗。寺远不闻钟鼓便，更深却见斗牛移。多少神仙来聚会，人间一世使心机。几时到得桃花洞，同共神仙看象棋。”诗的吟唱，迅速燃起了我们的创作热情。是啊，在这片荷叶村，每个水珠仿佛都可以触发我们的灵感，每一条径脉都能激起我们的诗情。

面对眼前的古村戏台，鼓楼木廊，奇山秀水，不由得让人思绪万千。同样是这片土地，同样种植黄豆，然而过去，却是为了果腹充饥。而如今，鲁家村人已丰衣足食，再不需要仅凭豆制品果腹卖钱，今天植豆重在传承文化，为了发展旅游产业，为了培育更美丽的花朵，装点今日幸福的生活，是为了给人间酿造出更多的甜蜜和芬芳。

回想过去，鲁家村穷困落后，人们要么外出打工，要么守着几分薄田，终日为生计而奔忙。那时对自己种植的黄豆，除了关心它的收成，有谁还会有闲心关心它紫中带白的花美不美？也由于这里交通闭塞，房屋破旧，又有谁会像今天这样成群结队、车水马龙一般来这里游山玩水，吟诗作文？是因为我们的国泰民安，人民过上了衣食无忧的小康生活。只有在这样的条件下，我们才会摆脱物质匮乏所带来的束缚，更自觉自由地去追求美，去欣赏美。或许正因为如此，今天我们置身鲁家村，才能更真切地感受到这片荷叶那高贵娇媚的美，它散发出来的香气，是一个令人骄傲和珍惜的时代的芬芳。

鸣沙山的沙

离开莫高窟，来到以响沙著名的鸣沙山。

天下着小雨，迎面吹来的风，带着夏日沙漠的热气和驼粪的味道，轻轻地吹拂着我的面颊和胸襟。听着驼铃，仰望着鸣沙山，我心生惬意。

雨水衔沙，鸣沙山的滑沙车停了，沙漠摩托车也排队太长，十一岁的女儿明西担心等太久，干脆脱了鞋袜，光脚走上五百来米高陡峭的响沙坡。雨润沙无声，脚板踩上去凉凉的，柔软松散，惬意极了。明西颇来劲，挺直小腰杆脚底生风，跑得好快，从她身下传来“窸窸窣窣”的声响，难道这就是鸣沙吗？还是雨衣与雨沙摩擦的声音？我光着脚跟上去，裤管和衣领里飘进点点湿沙沫。那个声音仍在耳边，我俯身、侧耳、聆听、细辨。突然从右侧刮来一阵大风，那声音就变成了鼓乐的隆隆声响。轻风吹拂时，又好像管弦丝竹，连着雨、沙飘在耳畔，曲调悠扬。上了三百米，我体力大不如前，爬坡速度明显慢了下来，腰也弓着。明西回头看见，笑我像原始人走路的姿势。我一时不由思维停滞感官笨拙，不知所答，身子顿时悬在沙坡的中段，犹如吊挂在半空，竟毫无志气地说只要能够快速到达山顶，爬都可以，真没做好榜样。明西一会儿工夫就到了山谷。

站在山谷的边缘，小雨让沙脊轮廓刚硬的鸣沙山披上了一层洁白的轻纱，像慢坡流水一般柔软。空气清爽，像水洗过一样。没过多久，风雨更大更急了些，人站起来有些困难，沙子却会自己跳跃走动并手舞足蹈。一望无垠，到处是沙子，沙垄相衔，盘桓回环，一个峰接着一个峰，如一道道奔涌的波浪，气势磅礴，汹涌澎湃。骆驼草和狼毒，若隐若现，在跌宕有致、金波荡漾的沙浪涟漪里躲迷藏，妙趣横生。拉远视线，一片淡黄，绵亘横卧，软软的流沙宛若游龙，腾云驾雾，飘飘欲仙。

明西乐坏了，牵着风的手，随着雨沙起舞，并乐此不疲，直到风雨沉默。她蹲下扫荡一大片沙漠煞有介事地玩起来。五颜六色的沙，千姿百态，散落她身边，被雨水沾湿，仿佛千万颗星星在闪耀。她说要修一个机场，再造一个金字塔。

我陶醉于沙谷，欣赏着这里的每一粒沙。

明西周围的鸣沙山上，上千人凌乱地散布在各处，为沙子疯狂，此时此景好似一幅瞻仰千年的莫高窟洞穴遗存的壁画，我也在画中。

用了一个多小时，明西的机场已经修好，尽管手法稚嫩，却饱含爱与想象。飞机很形象，跑道修长，还雕琢了细节。机场南面一座金字塔是彩色的，若五十厘米高，笔直的线条，平滑的表面。沙子垒起的风光，彻底吸引住了我，塔身覆盖的是黄沙，棱线是白的，石缝线为黑色，塔身地面有绿树，入口甬道红彤彤。鸣沙山上的五色神沙，被明西堆砌得美轮美奂。

这是一些最为普通、最为常见的沙子。但是，这些沙和我以前见过的有所不同，以前见过的是静默地趴在海滩、河边，可这里的沙子会唱歌。也许，是因为它长在西域大漠，既保留了旧时的孤寂和荒凉，又可以再现它的冷艳和自强，那鸣唱，是沙子对缎子般的金山，对孤烟如画，对沙脊如浪，对沙泉共处，对经宿复初发出的天地奇响，大漠绝唱。它在这里，终日被络绎不绝的游人踩踏，可是，当第二天太阳初升，昨晚留下的那些杂乱的脚印驼印，会消失得无影无踪，鸣沙山又面目一新，犹如杳无人迹的沙峰。它梳洗打扮，这么自爱，它的灵魂深处繁华而又纯净，它比任何人都懂得爱的真谛。

我似乎听懂了鸣沙山。

它虽然没有海沙、河沙被挖去建房、装修，变得身价不菲。但是，这鸣沙山的沙却是纯天然、纯野生的，它们不羡慕河沙、海沙，大漠放歌，按照自己的天性活得非常自然；它们远离城区、远离人群，习惯于无人欣赏，活得自在且清闲。

我赞赏它们。

人，也有许多种活法。也许，你选择像这鸣沙山的“沙”一样，会生活得不累，且富情趣。

埃及，在岁月中穿行

在新春佳节之际，在浩瀚的时间之流，在8900公里之外，我赴埃及美丽之约。

9000年前，埃及人开始在尼罗河河谷茹毛饮血，进行原始农业和畜牧业活动。千金难买的福祉，从此不再走远，岁月在优雅的河中掠过，一波一波漫过往事不及的深处。

7000年前，埃及开始使用铜器。美好的春天从此来临，埃及人披着乌亮的缁衣，荷着镢头，走进夹杂着汗腥味和泥香味的地里开始了一天的劳作。从此，埃及人每天闻鸡起舞，迎着朝阳耕种，赶着骆驼回家，披着月光读书，日子平淡又充实，亦苦亦乐。慢慢地，田地多起来了，错落有致；悠悠地，乡民多起来了，抱素怀朴；渐渐地，士子多起来了，书声琅琅……“整个大地焕发出生机，动物吃草，树木生长，鸟儿飞出巢……”（《献给阿顿神的圣歌》），尼罗河两岸，到处可见开采的田地，到处可见袅袅炊烟，营造起一个自给自足的世界。当年，是哪一双粗糙的脚板，虚谷足音，在砺山带河的山谷踏出第一条小径？是哪一双宽厚的手掌，采纸莎草，在潮湿的水滩，建立起第一栋茅屋？是哪一双灵巧的指尖，钻木取火，在大漠生起第一缕炊烟？筚路蓝缕，以启文明。

此后，埃及有了文字，有了宗教；有了阶级，有了王朝。亚历山大灯塔光芒万丈，卡纳克神庙玄妙幽谷，女王神殿危崖环伺，木乃伊风干凝固在金字塔与荒山谷冢贪婪的尘埃中。

踏着地中海南岸的石板路，我在亚历山大灯塔遗址寻找一份历史的风华，一份岁月的况味。这座三层结构的灯塔，以400英尺高度成为当时世界建筑物之最，巍然屹立石礁1500年。这个世界著名的七大奇迹之一，如果未经两次大地震，可能现在还在勇担重任，白天日光闪耀，夜晚灯火通明，兢兢业业为船只导航。让航手们不再有噩梦，生活在一幅一半是纯净海水，一半是壮阔沙漠的景致中，尽享阳光、沙滩和海上风光，灿烂出一片同样美妙的天地人心。

尼罗河东岸，一条两旁布满了公羊头狮身及人面狮身像的大道吸引我至庞大壮丽的塔门前，这里每种动物的爪子都握着一尊拉美西斯二世法老的雕像。这种古埃及人凭空想象出来的狮身羊头野兽，象征着埃及太阳神阿蒙。这里就是当今世界最大的露天神庙——卡纳克神庙，也是电影《尼罗河惨案》的拍摄地之一，总面积达100公顷，圣殿、方尖碑及成群的圆柱记录了近30位伟大法老的英雄事迹，其规模、复杂程度以及多样性为世界所罕见。在这里，曾经繁花似锦的法老王朝虽然已经消逝在历史的长河中，但神庙在大浪淘沙的岁月中毫不褪色，情韵依旧，其散发出来的所思、所想、所感、所叹，已从瞬间成为永恒。

是的，生活条件的优越性和多样性激发了法老的想象力和创造力，他们为自己建造了来世的宫殿。在尼罗河西岸人迹罕至的石灰岩峡谷断崖底下，60多座陵墓为这座天然生成的沧桑山谷平添了一份神秘。帝王谷，成为一种展现时代符号的精神产品和文化体验。墓穴的入口往往开在半山腰，细小通道通往墓穴深处，巨大的岩石洞被挖掘成幽深的地下宫殿，墙壁和天花板布满壁画和象形文字，装饰华丽，置身其间，令人仿佛沉浸在悠悠古梦中。

一位哲人说，世界上任何东西都怕时间，时间却怕金字塔。当我看到金字塔而备感意外时，它却已经遗世独立了4600余年。笔直的线条，平滑的表面，230万块石头，每一块都裸露着，每一块都闭着嘴，从不向任何人诉说藏在石头后面的秘密。金字塔不遗余力的文化昭示，展示着埃及帝国曾经的辉煌。金字塔裹着一个灵魂，裹着一个渴望，裹着法老的命运以及来世命运的昂扬，也裹着埃及人民的辛酸血泪。大石垒起的风光，法老或许更多地只为感动自己，以便在来世辨认，没想到越过数千年烟云，在热的光与冷的光之间，更多地感动了别人，为观赏者平添一份诗情画意。

自称火星男孩的波力斯卡，声称火星人与古埃及文明有着密切的联系，在埃及吉萨狮身人面像里面藏有火星、地球和人类全部的演化历史，藏有天狼星与太阳系的生命进化关系，藏有宇宙星际航行的技术秘密，乃至于宇宙的形成和许多奥秘也会得到终极答案。据波力斯卡声称，在狮身人面像后面，存在一个开关，只要打开这个开关，地球的命运将会发生巨大的改变。

波力斯卡的话引起了许多考古学家和科学家的兴趣，经过他们的考察，发现狮身人面像后面确实存在着一个机关，但是被一块巨大的石头阻挡住了。我也仔细索寻了一下，不止一块石头，而是被并列六块石头挡住，所以不能确定所言是否属实。我转到前头，狮身人面像，尘外相视，那眼神，空灵遥远，如雨夜无尽的诉说，如一片晨空的寂寞。我看见了有趣的灵魂，他体现的童心、世相、人性、人道至今仍有鲜活的生命力，或许是想给芸芸众生提供一条看清人生的窗口或指引，直抵现实生活的核心。

埃及，在历史岁月穿行中创造了璀璨夺目的文明。沙浪滚滚，海浪滔滔，初到的先民，也许一开始有彷徨，有迷茫，但最终坚定了信心，有了一种向阳而生的人生态度。他们知道，只有拼搏过、奋斗过，才可能过上自己想要的生活。生活中有了诗和远方，便能尽情享受精神世界的优雅和专注。只是，我与埃及之约只有十天，太短，似巧遇，可能，可能过后生命中的那些无奈又让缘尽了。人生，最不能把握的，就是缘，这是冥冥之中注定的事，无可抗拒，也无可改变，没有理由，也没有原因，这或许就是万物相融之道。且婆娑。

| 第四辑 |

一竿岁月

凤凰山禅语

凤凰山的韵致，在雅逸与恬淡间，给浮躁喧嚣的深圳，平添了一份冷静和思考。我此次登临，缘于去看一位心仪已久的朋友。没想到她就工作在山脚的凤凰村。在深圳为生计奔波了多年，我竟是第一次攀缘凤凰山。

凤凰山之得名，相传有凤凰栖其山间的凤凰仙洞。如今传说中的凤凰是看不到了，但浏览龙盘虎踞的“凤舞石”，典雅秀丽的“文昌塔”，自有一番深意的“望烟楼”，清爽沁脾、甘香馥郁的“圣水玉泉”，在文人骚客留下的题词石刻中，感受古意盎然的滋味，也是一种都市难得的享受。

天晴气躁的早晨，我们坐了一位陌生人的便车上山。经过“朝云大石”，沿缠绕山道，车泊在了山腰的凤凰古庙。

凤凰古庙系宋朝抗元英雄文天祥的重孙文应麟所建。几经风雨侵损，又为文氏族人重建，在庙中添设了文天祥纪念馆和应麟亭，以纪念文氏先贤，因此香火鼎盛。而凤凰仙洞就在凤凰古庙近旁，按照风水观，确是一块风水宝地：其倚坐成君临天下之势，以望风斜坡奇拔俊秀的山峰为靠，突兀于一马平川之上，林涛阵阵自脚下直拍向很远很远，可容万马千军沉沉踏来呼啸而过；侧左侧右，有矮山似座椅，林茂草密，千百翅小虫山雀潜跃其间，唧唧啾啾，此起彼伏，似满山生灵在唱造化的奥秘玄旨。难怪那鹦鹉嘴、锦鸡头、鸳鸯身、鹤足、鹏翅、孔雀羽的精灵在梧桐山不栖，却要阖上眼帘在此听取山籁。

我们拾级而上，满坡奇妙胜景，让人目不暇接的是“石头记”。“凤舞石”“狮吼石”“试剑石”“较剪石”“伶仃石”，或为人形或呈鸟状或似兽举，望之栩栩如生，神形奇异，一直连到“扶节直上飞云顶，举手不觉摩苍冥”的山顶。以心听之，则万音齐发，充盈宇宙，全是石头的韵律，石头的禅语。这是一部山石的交响，这是一曲雅逸的静穆，若是不懂得生命真义的人，又怎能体会它清奇明快的节奏和优美和谐的旋律?

我们终于步临“望烟楼”，“会当凌绝顶”的感觉油然而生。在这里远眺波光万顷、帆影点点的伶仃洋，让我心潮激荡，思绪被牵得好远好远……我想起了兵荒马乱的宋末元初，想起了抗元英雄文天祥，想到那时家无炊烟的平民百姓，再到如今的幸福生活。我不由得吟哦起“人生自古谁无死，留取丹心照汗青”的豪迈诗句。我要把自己这亲切而遥远的追索与怀思，一点一滴地洒在凤凰山顶……

换了幽径下山，我们有幸未错过“圣水玉泉”“长寿仙井”。这两处传说中的仙品，相传是观音菩萨体恤游人登山到此口干舌燥便幻化的琼浆玉液。我挹了一杯入口，顿时甘香馥郁，凉爽漫遍全身。我啜饮着这山体沁出的秀俊灵气，看到清泉自杯中跌落碎成珠玑，林中鸟从枝头掠过鸣声远逸，天上云怡然缱绻流向天际，悠悠清风夹携着野花松脂的氤氲舒畅我的呼吸，飘曳我的衣袖，梳弄我的发丝，摩挲我的颜面，遂有一股浩然淋漓之气，自足下山石间涌向丹田，忍不住发声喊：“我爱你!”

我不愿意下山，真想成为一尾山雀，一翅小虫，一片石子或一茎花木，在凤凰山中悠闲守望，时作长调小令的吟哦。

画里画外

坐在自家的阳台观景品茗，初夏的浓绿从附近中学扑面而来。一溜的法国梧桐后面，有红的宽广的操场，远处，就是一座海拔二百多米的小青山，山上墨绿的荔枝树成丛，紧挨着鳞次栉比的群楼，好像书房里那幅油画，把户外那片景观浓缩在了小小的镜框之内。晚霞飘忽，在宁静中落下，桃花般绚丽。

四岁的女儿太小，不会看晚霞中醉人的风景，吵着要我下楼陪她玩嗖嗖板，去花园的凉亭下跳跳棋。

从搬进新家的第一天起，阳台观景就成了我生活的一部分。春去秋来，百看不厌。我常站在南北通透的两边阳台，静静地看眼前的风景。屋前的山、树、楼阁、飞禽，屋后的亭、溪、假山、顽童，都会让我赏心悦目，忘掉上班之烦恼，都市之喧嚣。我的幻想乘风飘去，落足青山之巅，把酒临风，眺望深圳，远眺大鹏湾，亲身见证它翻天覆地的变化。从山头看过来，我们这幢大楼，大概就像路边小草，我的居室，应该成了草叶上的蚕蛋。

花园屋舍俨然，造型奇特，典雅秀丽；亭台假山错落，小溪涓涓，绿树成荫，令我遐想。落霞余晖中的青山却是我的挚爱。遗憾的是，前两天山脚下出现了几台挖土机在挖山，七八辆泥头车像甲壳虫似的来来往往在运土。

小山要被夷平开发建房了，我的心怦怦直跳。虽说今后此处将被水泥地面，以及高耸的水泥房屋点缀得异常艳丽，但看不见树木，看不见花草，弥漫双眼的是数也数不清的高楼大厦，还是让我感到有煞风景，美中不足。

一天，一位画家朋友来电，说为我新居所作的画裱好了。我立马赶过去，跟他谈起此事。他笑而不答，只向我展开那幅差不多一面墙大的画。这是一幅艺术化的牡丹图，“抽”掉了那些大煞风景的细节。一眼看去，画中牡丹着墨颇丰，含丹吐艳，气势似乎比现实中的壮观，但是枝轻叶淡，与摄影师拍的又淡雅几许。可凝神细看，发现这画框中的花、枝、叶自成天地，整体上比生活中的美景更和谐，更华贵，留给我更多的想象空间，也更能引起看画人的共鸣。画看久了，闭上眼睛，脑海中出现的居然是艺术化了的牡丹，而不再是现实中景色了，或许这就是艺术的魅力！

画家用艺术的眼光看花看物，有所见有所不见，可谓由技而入道。我不由豁然开朗，眼前的远屋青山，亦美丽依然了。

我把画拿回高悬在客厅，顿感蓬荜生辉。我很珍视它，不让女儿乱碰，生怕弄坏了，不仅仅因为朋友的友情，而是画幅中牡丹给我带来的生活和艺术之道的启示。

唱出真我

妻子嗜好唱歌，富有天赋，从小就有“小百灵”的称号。

她两岁起就跟着母亲唱儿歌、童谣，还缠着父亲学革命歌曲，小学后每周一节的音乐课听得特别专心。此外，她没有上过专门的音乐学校，也没有进过正规的音乐培训班，完全是在听唱中模仿、摸索、学习的，长年持之以恒，不但把歌唱得婉转动听，还硬是寻找、磨炼出了自己声音兼具张力的中音风格，有了点歌星的范儿。

她把音乐当作生命的一部分，每天不喊两嗓子，就浑身不自在。她在家练歌时喜欢把自己关在四十平方米的大卧室，将我和孩子拒于门外，任自己在音乐世界里流转。她手舞足蹈、轻歌曼舞，张扬和挥洒着自我，以至什么都可以不在乎，什么都可以忘却。这时，她像一匹随心所欲的骏马，尽情驰骋在自己的世界里。

除了家中，KTV 也是妻子张扬自我的舞台。虽然妻子的肢体动作比在家中会收敛一些，但依然功架十足，时而温文尔雅，如耳边细雨；时而豪迈粗犷，若暴雨雷霆。唱得动情处还闭目后退，面目夸张。她把刘若英那首《后来》唱得让平时有些迟钝的我恍然顿悟：一些爱、有些事一经错过真的不再。妻子喜欢唱董文华、宋祖英等歌星的歌，还喜欢唱一些袒露小小忧伤、小小情怀的歌。唱起忧伤的歌，她如邻家女孩，眼里噙泪，会撒娇会生气；唱起豪迈的歌，让人更坚强，那颗阵痛的心，即使在河水里衣裳一样一遍一遍搓洗，也无法洗去曾经的信念和誓言……听妻子唱歌，我觉得幸福就在身边，是一种至高的艺术享受！

妻子也不满足于只在家里和KTV歌唱，除了去朋友公司举办的晚会或生日宴会上像歌星一样亮相，也想拥有更大的表现舞台，只是一直苦于没有机遇，有时就嗔怪我没有提供帮助。可是我不这么想，说实在的，并不是我未提供帮助，我只是想，唱歌并不在于有多大的舞台，关键在于唱出自己的风格，表达真实的自我。而这种真实对于现代人来说显得尤为珍贵。因为这份真实，不但唱出了自己心中的澄澈，还可以感受真挚的情感，收获纯洁的友谊，对一个崇尚简单生活的人来说，这已经足够。

女儿的公主梦

女儿上学了，寄宿在学校，平时把她当公主宠着，突然整天看不见，心里有些空落，拿起笔写写她吧，在文字里与她再见。

女儿从小就想当公主，买了很多公主娃娃、公主故事书，芭比公主的、白雪公主的、白云公主的、梦幻公主的等等。有空就缠着我讲公主故事，打开电视就要看公主动画片，好像中了“公主病毒”一般。她有次拉着哥哥扮公主，哥哥不依，就嗲声嗲气地摇着哥哥的手说：“白雪公主那么漂亮，我想当。”哥哥回敬她：“你又不白，要么是白血病公主 ，要么是黑雪公主。”为了得到哥哥的同意，最后扮了一回白血病公主才停歇。

女儿买了好多公主王冠，留着长发扎漂亮的辫子，别水晶发卡，穿蓬蓬纱裙，甚至还买了公主高跟鞋，在公主的童话王国里乐此不疲。每个周末回家，想要她先写作业，怎么劝都是功亏一篑，必须先让她看公主动画片。《白雪公主》《冰雪奇缘》这两部动画片对女儿好像魔咒一般，让她沉迷其中，如痴如醉，我真担心会影响她的心智发展和学习。

我对女儿的教育感到有些困惑了。想起儿子小时候酷爱奥特曼，整版整版地买回堆在家里，每天上幼儿园要带一个，他觉得有超人在身边自己就会变得强大，小朋友们不敢欺负。但放学回家，奥特曼可以不要了，没有女儿那么痴迷。

我尝试改变女儿的爱好，转移她的注意力，带她爬山，陪她读启发心智的图书，给她讲解课文，可是收效甚微，她还是憧憬着做公主，孜孜不倦地追求着她心中的美，让我难以理解又招架不住，只好祭出“尊重”的大旗，陪她挑选各种公主鞋、裙、发卡、王冠，想戴艾莎公主款型的耳环就陪她去打耳洞，陪她画心目中最喜爱的蓝色长裙，一张又一张。

我想，既然女儿对公主的喜爱很难避免，干脆顺势而为，顺势诱导。看到她耍横的时候进行“公主是很讲道理”的教诲，碰到她委屈恸哭时劝她“公主可是很坚强的”，还给女儿讲“公主不当面挖鼻屎”“公主不当众放屁”之类的小不雅故事，女儿也听得如痴如醉，受益匪浅，并学会规范自己的言行。

我还试图利用公主故事为女儿做心理方面的引导，让她内心变得强大。很多故事过程历尽艰难险阻，这对女儿来说，是一种心灵的历险，但结局美好，让她得到安全感。这比起女儿对公主服饰的迷恋，还是利大于弊。想象我们成人都会模仿自己喜爱的明星或者公众人物来穿着打扮，女儿向往她目前最熟悉的童话世界的打扮，似乎也无可厚非。

女儿的生日派对

那天上午，我去民治街道参加幼儿园举办的一场生日派对，这是幼儿园创意的“亲子活动”系列之一。说是生日派对，即为幼儿举办生日联欢会。以前，我是极少参加学校举办的各种活动的，觉得在社会奔荡久了，来去匆匆，脑子里整日塞满了功名利禄，人被职场操持得心力交瘁，已不能潜心领略学校生活的旋律。这次参加，是出于对女儿的内疚。

每天早上都是我步行送女儿去幼儿园。那段时间心特别浮躁，我无心欣赏女儿湖水般清澈的微笑和银铃般的话语，无心倾听潺潺于土壤里渗出来的青蛙蟋蟀昆虫的鸣叫，只叫她不能这样不许那样，独断专行，凡事不容商量。面对我的威严，女儿充满怯意与不解，有几次想反抗亦被我镇住。慢慢变得少言寡语，胆小怯弱。后来，送她上学，我竟听不到只言片语。

女儿要过四岁生日了，我想应该给她买个生日礼物，于是问她要什么，她怯生生地说：“什么也不要。”她的语气和表情让我的心灵经历了一次强烈的地震，以前听到生日礼物总会有一片欢畅流淌。

“为什么？”

她的回答细若蚊声：“爸爸对我不好！”

我被强烈地震住了，悲伤从中而来。我蹲下身子对她说：“宝贝，不对，爸爸是爱你的。”

“真的吗?”女儿瞪大眼睛将信将疑,“生日我只要爸爸的爱。”说完,背着小书包跨进幼儿园,道别的回眸像蓝宝石闪烁着光芒。

接连两三天,女儿的话一直在我耳边萦绕,让我好生愧疚。我以一个修行者的状态静思忏悔,以期恢复女儿对我的态度和其天真烂漫的本色,生日派对当然要参加。

那间布置美观的幼儿园活动室里,除了幼儿和老师,还来了很多家长。为了让孩子们过一个欢乐愉快的生日,园长和老师们精心策划了这次活动,安排形式各样丰富多彩的节目。大家都沉浸在欢乐祥和的节日气氛中。

就在大家如痴如醉之时,我注意到,有我在身边女儿显得神气和骄傲许多,也特别开心满足。老师鼓励女儿和我玩金鸡独立互动牵手转圈比赛,尽管我的手很拙笨,也能在女儿心灵,牵出一片欢喜。女儿还羞答答拉着老师过来合影,看着她们师生幸福的笑,我连续拍了七八张……

活动舞台一角,女儿口渴了,带着我去教室取水杯,我有意让她领我去园里转转。她很乐意当向导,牵着我的手徜徉在花木掩映干净整洁的校园小径,迎着风雨,伴着铃声歌声走着……我说:“宝贝,你们幼儿园好大。”她不忘提醒我:“幼儿园大,爱最大!”

在我的关爱下,在老师的引导下,女儿胆子慢慢大起来,也更爱和我说话了,我欣喜地看到女儿一天天的变化。

今天送她去上学,碰到一个同学还向人家打招呼,并告诉我:“她叫吕嘉心,伤心的心。”搞得同学的妈妈一大早听到这话怪不好受,对女儿说:“是开心的心。”没想到女儿竟敢大声反驳:“不对,是伤心的心!”我抱起女儿大笑:“宝贝,开心和伤心是同一个心。”

清　莲

妻子名字叫“清莲”的缘故，十二岁的儿子和四岁的女儿就闹着周日去洪湖公园看荷花，却不期遇上了雨天。

早上上车前，雨就开始下了，淅淅沥沥让人愁。儿子在车里见雨越下越大，没有停的意思，就打退堂鼓了，说不如去书城看书。女儿听了不干，说荷花开着呢！接着兄妹俩就争吵开来，然后就是女儿的哭声。妻子出来主持公道，要全家举手表决，结果三比一女儿胜出。我们的车继续往洪湖公园驱驶。女儿得胜，高兴极了，好像刚才没哭过，拉着她妈妈的手唱：“荷花合，荷花开，荷花里边有小孩……”

到达公园泊好车，雨还在下。但公园里赏荷的人很多，每人撑一把伞，像撑着一片宽大厚实的荷叶，这里一大片，那里一大片。立在雨中，清爽凉快。心中的愁绪一扫而光，生出一种宁静而清新的感觉。

一家四口撑了伞，加入赏荷的队伍。公园入口广场，一尊白衣裳的荷花仙子雕像隔着重重雨帘在迎接我们的到来；左边则是一个展示说明，原来今夏是深圳第二十三届荷花展，以方圆数公顷的湖塘荷花自然景观为中心，品种一百有余，有千载难逢的并蒂莲、变化多端的千瓣莲、沉睡千年的古代莲、玲珑多姿的桌上莲，还有睡美人、娇娘等，名品荟萃，新秀辈出，竞相吐艳。空气中一股淡淡的幽香，撩人心动。禁不住想抛开雨伞，在荷香细雨中狂奔而去，任雨水打湿一身。

沿两旁摆满各式花草的小径下行几分钟，翠衣红裳的荷塘尽收眼底。“十万莲花带雨香”，满塘荷花旁若无人地铺张着那份冷艳，铺开了一塘风情。已开或即开的白的、红的、粉的花蕾与花朵，亭亭玉立于高高低低层层叠叠带雨的荷叶之上，清新娇艳；嫩绿、碧绿的荷叶如绵延的云铺开，随着风雨摇曳；田田如盖的荷叶中间，清澈透明的水珠汪成一团，和着落下的雨水，多了就倒，倒了又装，别有一番神韵。女儿看得出神，伸出小手，牵拢着一片幼荷，嗅着它弥散着新生的气息。

不知不觉，来到“清莲亭”，休息一下，我们又开始赏荷，游到“两宜亭”。“两宜亭”柱子上的匾掉了一块，只有右边的“红亭花照影”了。我正在惋惜，雨又下起来。儿子就不想玩了，想去书城看书。再者，大家的衣服也湿得差不多，决定走了。

来到书城，下午五点了，我无心看书，蹲在一楼构思了一首《清莲》的小诗：

清水濯足　雨珠润面
湖水中央盛开一个水之梦
碧绿的衫子　娇红粉白的脸
在水中摇曳如诗
在水一方　有燃烧的火
比夏日更热
无人知晓
破水而来的秘密
保全了这个季节的贞洁

秋 语

天高气爽，万里云淡，凉风习习，阵阵南飞雁……炎热散尽，秋天来临。父母七十寿庆前夕，我回到故乡。

柔美的秋阳，轻拂着泛红的山丘，田野一片黄澄澄，好似铺了一地金子。我独处自家竹山遐思怀想，竹林中的清韵风骨，吸引了我。其实，秋天不仅只有金黄色。北国的秋天气温低，霜降的草地一片银白，落叶的霜枝银装素裹。而南国的秋天空气湿润，草木凋零渐慢，河水在湛蓝秋空的映照下，益发透亮明净，远处山峦依然一派葱郁，成熟的果实摇曳着，散发出沁人心脾的香甜。

我喜欢伫立秋天的深处，眺望这纷纭多变的大千世界。我蜷缩斗室，拒风尘，避腐朽，举首掩卷思日月之沉浮，伏案挥笔写人生之沧桑。每当我独处秋野，视野变得宁静而辽阔……

秋天从来不辜负人们的辛劳。多少朴素的希望，在丰硕的果实上闪光。秋天像一个缤纷的万花筒，雁阵飞过，稻浪翻滚，果实耳语，红叶燃烧，秋虫低吟……

我喜欢把秋天拥抱入怀，孕育一个实实在在的憧憬。

未觉笔下兰花梦，窗前桐叶已秋声。我听到了秋天的脚步声，我要与秋天同行，祈望从中找到大千世界的真实，更渴望用自己的脚步改变自己。秋的笑靥写满我的记忆，一粒相思的红豆在远方悄然哭泣。走过至爱的季节，真情伴着秋月入梦。我把秋月放进酒杯，摇出一眼灿烂的灵光。

傲骨益寒霜，为乐不知秋。秋霜落定。我培育的菊花，犹如我灵魂深处的风骨，绽放出凛然的花朵，用自己傲骨的生命向寒霜致意。我在遐想中，体味秋菊盛开的情怀，感叹风骨霜艳的神韵。这种情缘在我心灵深处漫溢，给我带来宁静、甜蜜。岁月只会催人老，无情把人抛，红了霜叶，绿了芭蕉……我读懂了秋，成为秋的知己；秋读懂了我，成了我的红颜。我人生的秋，没有萧索，没有悲凉，更没有肃杀……只有翠竹、菊花、枫叶，生机盎然，韵味清幽！

尽情享受生命中的秋光，爱她那份恬静，爱她那份深沉，爱她那份宽厚，爱她那份和谐，爱她那份睿智。

取舍之间

表弟出来打工，省吃俭用，积的钱全部投到股票上。他天天买股报，研究各种技术图形，认真分析股市行情，仔细了解上市公司的基本情况。可投资仍不理想，两年下来，十万元的股资剩下不到三万了。经过两年的沉淀与亏损，表弟说终于悟到了股票的奥秘，现在炒股逢炒必赚，最近半个月就赚了七千多。表弟对我说，你认识那么多富婆，介绍两个给我帮她炒股，赚了三七分。我听了不太放心，对表弟说："若亏了呢?"他自信地摇摇头："以我现在的水平，不可能亏！要不你先拿点钱试试水，帮你赚的钱我不分红。"我受到蛊惑，心生贪念，况且表弟憨厚老实，就拿了五万元开了户交给他。他马上把资金注入了股市的滚滚洪流。

他帮我买的两只股票，三天下来亏了五千多，我对表弟说："不太靠谱吧，入市就亏?"他淡定地回答："心急吃不了热豆腐，我精心挑选的股票不会亏的，等等吧；再者，股票在手，没抛就等于没亏!"又过了几天，我盯着股票走势图一路下滑，亏到九千多了，急着找表弟说："套住了吧，要破万了!"他仍有大将风度，瞪了我一眼："不会炒股就不要死盯着看，我心里有数。"损失如此惨重，他还这样从容，不是他的钱当然不急。我气得干脆不上网了，幸亏没把富婆介绍给他。

股票的水太深，钱越亏越多，我心结难消，揣测来揣测去总结原因，是多种多样的，其中之一就是自己贪念太重，不会在恰当的时候学会放弃。

相传战国时候，有一齐国的将军在出征的战车上打了一个绳结，当着齐国的君主说："谁能解开这个绳结，谁就有能力一统天下。"一直过了多年，没有人能够解开他的绳结。直到秦始皇攻齐国时，看到这辆战车，他不加考虑，拔剑砍断绳结。后来，秦始皇果然一举统一了中国。

秦始皇放弃传统的思维方式果断地剑砍绳结，这就告诉我们，在某个特定时期，你只有勇敢地放弃一些东西，才有机会获取。股票市场炒作成败的关键往往系于取舍之间，不少股民都以为自己素质高，能驾驭股市复杂的环境，让机会在臆测中流失殆尽。结果一错再错，不是挂在这只股票就是套在那只股票上。所以，在走进股市时不仅要学会行情分析，还要学会化解心中之结。

生活中亦复如此。有时候，如果你抓住自己的观念不放，就会很难接受别的东西。你要是贪念的东西太多，什么东西都不愿放弃，其结果是什么也无法得到外，还将付出惨痛代价。

卅年一晤师生情

老师姓吴，小学时教了我三年的语文。那时，我为了能考入一所好的初中，学习特别用功。吴老师不仅在生活上给予了我很多的照顾，还在学习上对我进行了精心的辅导。发现我喜欢写作后，更是给我找来很多的写作资料供我学习和参考。有一篇习作《青蛙小觑蚂蚁》深得他喜爱，在他的鼓励下，我的写作水平有了很大的提高。

1989年，我初中毕业后上了隆回三中。三年没上完，去西北当兵了。四年后，南下深圳，开始了长达十余年的漂泊创业生活。直到今年初夏，我才听同学说吴老师来深圳看当教师的女儿。经过多方打听，终于找到了吴老师的手机号码。在拨通电话的一刹那，我的手竟有些颤抖。三十年了，老师还记得我吗？

电话那头的声音浑厚而沧桑："请问，你是哪位？"

经过三十年生活风雨的洗礼之后，曾经熟悉的声音，却变得如此陌生了！

我的心里一酸："老师，还记得我吗？我是您的学生李业康啊！您还好吗？"

"哦，李业康啊？记得！就是那个长得有点瘦，喜欢写作的学生啊。"自从初中毕业后，我就和吴老师中断了联系，这么多年过去了，他可谓桃李满天下，可他依然还记得我，还记得我曾经的模样和爱好！原来，他也一直没有忘记我啊。我的眼眶情不自禁湿润了。

电话里，我约老师周日在龙华新区家里见面。

吴老师如约前来，头发有些稀疏，但是还不显老，腰板直直的，精神依然矍铄。

我迎上去，紧紧握住他的手，吴老师呵呵地笑着，干脆给我来了个拥抱。他不停地用手拍打我的肩，说："好学生，你还是像以前一样年轻啊！"我笑了。此时此刻，我真不知用什么语言来形容此刻的心情。

在餐厅坐下，我举起酒杯说："老师，谢谢您当年的教育之恩，只是学生不才，辜负了您的一片厚望，这杯酒，谨向您表示感谢！"吴老师高兴地说："这么多年了，你还记得我这个老师，我感到很欣慰啊！"

我向吴老师简单地讲述了这些年的工作和生活。当听说我已在全国很多报纸杂志上发表了作品，出版了两本书，成为作家，衣食无忧，他非常高兴，语气激昂地说："你不愧是我的好学生啊！"酒桌上，吴老师兴致很好，破例喝了很多酒，还说起了三十年前的点点滴滴。浓浓的师生之情溢于言表。

这一幕，不就是我一直以来所盼望的场景吗？当它真正来临的时候，才发现所有的语言都显得那么苍白无力；触手可及的，是时光飞逝后人性永恒的温暖和美丽……

书房乐趣独自享

经过多年奋斗，我买了房，也有了自己的书房，看书就成了我生活的主要方式。

常常站立在书架前，烦躁的心情陡然平静下来，架上存放的一本本书，充实着我空虚的心灵，补充着我文化的营养。从此看着这些圣贤书便不闻窗外事，心情感到从未有过的舒畅。

打开书橱，浏览着一排排书籍，信手拿出一本翻开，望着上面读书时留下的歪歪斜斜的眉批，如烟往事瞬间一幕一幕重现眼前。

有回首岁月的呐喊彷徨，也有朝气蓬勃的激情。可不管是哪一类眉批，都是我的挚爱，如同一部历史钩沉，记录了我坎坷不平的命运旅途；又像一部人生宝鉴，留下了人性至真的灵魂告白。

所有的藏书都像朋友一样簇拥着我，让我无限享受。沙发上、床上、桌子上，到处是书。这些书大多数属于“总把新桃换旧符”，随买随读随换，但中外名著是永远不变的。不管坐在哪儿，随手就可以拿到一本来读。

看电视时，广告一来，就拿起唐诗随意翻到一页，有时读到尽兴处，也会忘记了剧情的发展。睡觉前也必须看一会儿，碰到一本好书，可以一夜不睡，与书同喜同悲，同痴同醉。醒来时，打开灯后的第一件事，就是拿起一本书读起来——大多都是没有读过或者没有读完的。有了生僻的字词，马上拿起字典或词典，查明出处，然后加上注释，再接着读。有了灵感，赶忙拿起放在床头上的纸和笔，记录下来，起床后再敲到电脑里。有时并不是一篇完整的文章，只是一段心灵感悟，暂时留存在记忆中，日后在写文章时就会突然想起这一段心语，拿出来贴到文章里，自然会平添许多色彩，有的甚至成了“文眼”。

舒适地半卧在床上，书中的文字一行行滑过，不时用笔标着喜欢的句子，激情所致，加上眉批，不知不觉中，几个小时就过去了。

读书的范围很广泛，最喜欢的还是古典文学。总是带着崇敬的心情去解读，总是怀着敬仰的心情去欣赏。

读《红楼梦》，让我从小就背诵下《好了歌》，影响了我一生的命运；读《水浒传》，让我从小就练就了豪爽仗义、广施钱财的性格；读《史记》，让我洞察人世的真善美与假恶丑；读《论语》，让我的灵魂彻底继承了“仁爱”，奠定了遵道修身的秉性；读《庄子》，丰富了我天马行空、汪洋恣肆的想象。

一本本书如涓涓细流，汇集成我生命的长河，消融着人生旅途的心灵迷障。

套 路

小升初后，学习科目增加了四门，学习压力更大。女儿要强，为了能考上好成绩，几乎不怎么贪玩了，整天钻在书本和作业堆里。我看着她疲惫的表情，有些着急，也有些担心。因此提醒她注意休息和学习方法，该玩玩，该睡睡。女儿可不听，生怕落下学业。结果期中考试，成绩并不理想。这对她打击颇大，开朗的性格也变得有些忧郁易躁。

努力，没有得到想要的成绩，女儿反思是学习方法出了问题。可是，什么才是适合她的学习方法？她并不知道。我建议她课前预习，课中用好错题本，回家一定要复习。她不怎么爱听，可能心里着急，还可能因为我不是专业教师。

周五放学回家，女儿告诉我学校通知家长带小孩去听一场学习指导报告会，课题是：“高效学习，快乐成长！”女儿认为是讲学习方法的，嘱我一定要去。

我一看通知单就知道这个所谓的报告会是为了营销主办方的商品而举办的，听了并没有想象中的收获。想不去，但又担心女儿会认为我不去是因为不关心她的学习。只好起了个大早，驱车入城，导航找到学校通知的酒店。

到了会场一看，能容纳四五百人的阶梯报告大厅已经坐得满满当当，由于没有位置了，有一些家长带着孩子席地而坐，台阶上也坐了不少人。

通知单上宣传的那个全国著名的指导老师在主席台上激情澎湃地演讲，不时引发了台下家长和学生们一阵阵热烈的掌声，而她所讲的内容就是如何自主学习以及家庭学习的各种小窍门，其中还不忘炫耀自己的教学成绩，每年至少有十多名学生考进清华北大或国外顶尖学府……

我很厌烦这种炫耀，于是以上厕所为名想出外放放风。经过报告厅门口时看到那儿堆了好多的学习资料盒，外观精美，便问引导员。引导员说是免费赠送的，一盒市面价要800元。我就想趁早为女儿要一盒。但引导员告诉我只有在报告会结束后才可以送。为了得到免费资料，我又马上折了回来。

两个小时后，演讲终于接近尾声，指导老师话锋突然一转，介绍起她们的电脑家教软件，说都是名师讲解，鼓动家长和学生购买，可以培养科学的学习方法和良好的学习习惯，考取名校没问题。

报告会结束了，我终于弄明白了，要花4800元人民币购买一套电脑家教软件，才可以得到那盒免费赠送的资料，不买就不赠。女儿一心想提高成绩，又觉得软件太贵，眼巴巴地看着我。为了不让女儿扫兴，我只好加入簇拥在主席台前掏钱的家长行列。

女儿拿回家教软件安装好后新鲜了几天，并不觉得有多大帮助，就放在那里做了摆设。而那盒免费的音像制品则是8张DVD，内容是《66位大学生讲述学习方法》，封都没拆。

两个星期后的一个下午，女儿要我带她去宝安以前一个要好的小学同学家玩。一进家门，同学就跟她讲自己的音像制品的事。女儿一看，好生诧异，和自己的一模一样。两个小朋友就小心地聊起来。原来，近段时间，学生们通过微信和QQ调查了解发现了问题，这种售卖音像制品的报告会被培训机构玩得风生水起，一个城市变换一个城市，一个学校变换一个学校，热热闹闹地消费着，经久不衰。而指导老师那些忽深忽浅忽真忽假的煽动语言，让阅历不深辨别能力低的学生听得云山雾罩，在渴望知识的引领下都想购买。一圈下来，钱就装满了口袋，而事实上音像制品并没有多大用处。两个小朋友认为上了当了，心里愤愤不平。看到她们吃一堑，长一智，我心里想，这个钱花得也算值了。

在回家的路上，女儿自信地说，以后再也不上培训机构的套了，自己会找到好的学习方法，提高成绩。

重感情的树

8月22日，趁着暑假快接近尾声，我带着妻子和八岁的女儿回了趟湖南新邵老家，顺道去看望那两棵位于龙溪铺镇中学校门前的千年银杏。

这两棵银杏，左公右母，在此生长1300多年了，苍劲的体魄，优雅的树型。它的叶子是碧绿的，像一把长柄扇子，随风扇着，美丽极了；树干端直，向着天空高高地伸展着，像苏东坡赞誉的“一树擎天，圈圈点点文章”。我们站在清奇的银杏下，三人张开手臂合抱还没能把它抱住，心里涌现的是欣喜和惊奇。

银杏是大自然的“活化石”，世上绝大部分古老植物、物种由于地质地理气候变化等原因灭绝了，而银杏在漫长的岁月演变中幸存了下来，一直坚贞不变地保留着许多原始特征，其中最为神奇的是，它的叶子没有正反面之分，这在进化的植物当中是不存在的。银杏又以长寿著称，在地球上生存了1.9亿年。它生长缓慢，一棵树苗，从栽植到大量结果需要四十年左右，也就是说，一个人想吃到自己种下的银杏树的美味果子得等到他变成白发苍苍的老公公，那时最能享用的是他的孙子了，所以银杏又叫“公孙树”；因为叶子是鸭掌（脚）状，又叫鸭掌（脚）树；其果实为乳白色，人们又叫白果树；但我老家人都叫天子树，据说这个名字是皇帝御封的。

银杏为名贵树种，与雪松、南洋杉、金钱松一起被称为世界四大园林树木，和牡丹、兰花誉为“园林三宝”。历代文人墨客常以它为题，饶有兴致地吟哦。北宋诗人张无尽《咏银杏》写道：“鸭脚半熟色犹青，纱囊驰寄江陵城。”连乾隆皇帝也有诗吟诵：“古柯不计数人围，叶茂枝孙绿荫肥。世外沧桑阅如幻，开山大定记依稀。”

银杏果味道鲜美，柔韧滑腻，含有多种营养元素，能够润肺止咳，滋阴养颜抗衰老等。我小时候还用银杏果治疗支气管炎，搭配岩鹰草、节节菜、野草根等放入一口只加清水和猪肺的大锅，用柴火煮上半天，每天早中晚喝上一大碗，连续一个月，居然把支气管炎治好了。有一天上学，看见家住银杏旁边的善老三也喘得厉害，告诉了此药方。两个月后他也未喘了，是否系此方治愈，不得而知。

我告诉妻儿，这两棵银杏成精了，传说是一对夫妻。有一年大旱，夫妻俩缺水少食，叶黄枝枯，银杏公对银杏婆说：“你待在家里，我以杏果为本外出做点生意赚点钱回来。”银杏婆看着家徒四壁，深情应允。于是，银杏公变成一位头发花白的老人西去，沿途做生意到了贵州。天黑了，他坐在贵阳市龙里一餐馆吃饭，碰巧龙溪铺留步司的一位李姓商人也在此就餐。听到乡音，便问老人何许人。老人回答：“我是龙溪铺镇老街中学门口的。”李姓商人又问老人姓什么，老人说姓天。后来李姓商人回来想起此事，询问他人方知，龙溪铺中学门口根本没有姓天的，只有两棵天子树，这才恍然大悟。银杏公在外面做生意三年，对妻子默默想念；银杏婆对丈夫也深深牵挂。因相亲相惜，两人面黄肌瘦，两棵树叶子黄了三年未返过青。直到银杏公回来，银杏婆如遇和煦之风细润之雨，神奇般焕发了生机，黄叶立马返青，那芬芳的纯净之花，繁茂盛开，硕美灿烂。银杏公也变得青叶嫩绿，无不透着自然透明的繁华与热爱。从此，俩人长相厮守，再也没有分开。

所以银杏是重感情的象征。妻儿听了不信，说是神话故事。我一屁股坐在地面银杏外露的根上又给她们讲欧阳修和梅尧臣因银杏而流传隽永的故事：相传梅尧臣屡试不第，欧阳修欣赏他的才华，向朝廷大力举荐。梅尧臣感激欧阳修，回老家探亲时，特意摘了银杏果，寄给欧阳修。欧阳修非常高兴，写诗《梅圣俞寄银杏》酬谢，“鹅毛赠千里，所重以其人。鸭脚虽百个，得之诚可珍。”妻儿听后大为感动，点头说：“银杏的确是重感情的树！”

最后一场花事

周末，四岁的女儿追问我带她去哪玩。想到芳菲将尽的时节，应该带她去大浪的绿道走走，让她感受野外山水之气息，赶山野最后一场花事。女儿高兴极了，像只花蝴蝶一样在我身边欢快地跳着舞着，催促着快点走。

绿道在茜坑水库边缘，径直穿越苍莽山林，伸向光明新区及观澜，平时封闭，由水库治安人员巡逻看管，只有周末才可散步或骑自行车游玩。绿道两旁，绵延开去的是大片的原生态森林，里面杂花生树，潜伏着鸟雀虫蚊，唧唧啾啾，唱造化的深奥玄旨。

驱车抵达，是早上九点半，艳阳在天上斜斜照着。女儿踩着她那辆心爱的蓝色小自行车，丁零零进发，我小跑着尾随其后。空气清新极了，有一股淡淡的幽香，撩人心动。

女儿兴奋极了，小脚踏得飞快，把我抛得好远，叫都叫不住。她一边嗅着花香一边浏览两边的景致要我跟上。我心中掩饰住高兴故意装着没听见，任凭她银铃般的叫声在山间招摇。

她突然在一片灌木丛前停下车来，伸手摘那一簇一簇火红的花。我跑近一看，横在她盈盈眼波之下的哪里是花，分明是簕杜鹃的叶，团团簇簇盛开在枝蔓之上，女儿以为是花。我笑着说："下次记住了，这是叶哟！"不等我解释完，女儿反问："在没有花的时候它是花吗？"我听了一惊，小嘴巴有时候说出来的话还蛮有哲理的，叶其实在成为叶的时候是美丽如花的，到繁花时节便成了叶。我这意思不知道她听懂没有，站在那里一语不发，我想她可能通感到了什么，便强调："今天它是叶，我们往前走看花。"

继续前行，远近的成树成树的各色花朵让女儿惊喜万分，特别是白色梧桐花，在树梢重重叠叠，花枝招展，芬芳遍野；空中偶有落英飘过，降落伞似的坠地无声；我们前行的路上，花瓣或深或浅，厚厚铺满一地，透出一种异样的苍凉，让我黯然神伤，生命的衰败因满地落英缤纷而显得无奈，凋零成了另一种触目惊心的美。而花芽初绽般年龄的女儿站在花的世界以为胜景，并不懂得把落英与枝头盛放的花颜相比，尽情雀跃，小手捧着花朵撒向天际，任花瓣像雪花一样纷纷扬扬洒下来。累了歇了，她说："这么多花，我们带一点回家吧！"我刚想说要她拾地上的，一转身发现她已在地上小心翼翼地捧起那些大朵而完整的山花放进小自行车尾箱，直到堆得满满，才满意地上车返程。

在返程路上，女儿想摘路过的一朵美丽的野月季，被我劝住："花也有生命，它那么漂亮地生长着，盛开着，在我们看不见的土里积蓄力量，在我们看得见的花尖绽放着青春。现在摘了，它会痛的，我们要爱惜它，爱惜大自然一切美和弱小生命。"女儿懂了，感动地说："好，我不伤害它！"

几天后，女儿带回的花干枯了，她很伤心，知道有过生命的花不能随便处理掉。我和她在花园槐树的根部挖个坑埋了，让它们入土为安还护花。我从她幼稚的脸上看到了满意的微笑。

生命欢歌

颇喜欢“清水出芙蓉，天然去雕饰”这句话，是因为折服于芙蓉纯洁自然之美。

2018年初秋，我一大早去惠州验收装修好的新房。以前，一直忙于何种装修材料的选购，无暇到房屋附近走走，验了房，心情大好，就想着去转悠，享受这难得的空闲。我的房子在县城边，远尘嚣近繁华，闹中取静。住宅区水绕宅走，树伴水行，有碧波荡漾的“多瑙湖”，有七彩绚烂的滨江花海，有湿地公园，东江前绕如玉带，后靠万亩博朗山。

出门左拐，林荫小道的铺地、砖雕、植物很下了一番功夫，与自然同化，有若自然，像蛇一样，蜿蜒在清澈的小溪与绿化带之间。走了约二百米向东，右侧的溪面莲花盛开着，粉的红的白的在片片墨绿的莲叶上舒展，没有风，有岁月如初的静美，听到小鱼在荷叶下游动荡漾的声音。岸外是一排排高高的花树，带刺的没带刺的，深掩着错落有致的屋舍，掩住了满屋的幽寂，我的跫音，叩问在还没有生活痕迹的院落。沿路向南，不知不觉来到花园内一个尚未开发的水塘边，旁边是一座原生态的低矮小山。水塘有五六亩大，应该弃用很久了，塘面稀疏的莲花和水草中一群灰色的野鸭子嘎嘎叫着，宣示着它们是水塘的主人，它们悠然徜徉，有的把喙伸入水草中觅食，有的一溜烟潜入水底好久才出来，那一行行纤瘦的身影是那么洒脱和飘逸，淡如秋水，在我心里生香、蔓延。我突然想写诗，记录此时的美好，一摸口袋没有笔，便转身折枝，让旖旎的平仄在地面安放。突然，满眼的纯白在不远处的灌木丛上头怒放，在烈日下是那么风姿绰约，像定格的曼妙舞蹈，让我忘记了所有。那是一树野芙蓉，洁白无瑕，在枝叶上层层叠放，被阳光涤尽尘垢，一如茶水洗涤过的灵魂，高贵无比，每一朵都是那么硕大，清新脱俗，好像开在树上的白莲花，让我恍若置身仙境。我端详着它们，有一种痴迷和幻想，仿佛面对的是一个个衣袂飘飘的娇嫩少女，目落星辰，雪纺纱衣，仙姿秀逸，簇拥着发出淡香……

我是一个贪恋的尘者，婉约着细腻的心事，不忍离去。昂首怒放的木芙蓉，在我眸中已是一个个离空隔世的白精灵，在这低山野岭，绽放着它们的纯洁。如果移居到我的寒舍，定会令人瞠目结舌。

出于挚爱，我竟然喘着粗气，快步跑回房间，取来锄头，刨挖这近四米高的芙蓉树，小心翼翼地放倒，用编织袋包好带土的树根和花叶，匆匆返程，小跑着把这棵白色精灵扛回了家。内心玄妙的梦想终于让我变成了美丽的现实。

甫回新房，我即刻选择了正门左侧凤凰木和桂花树中间的最佳位置栽种、浇水，并满怀欣喜地祈愿这强邀而来的贵宾吉祥如意！

芙蓉花真像个魔术师，一日多变，早上纯白的美，中午变成粉红，下午深红，向晚，满树绛紫让我和家人欣喜不已，大开眼界。我计划翌日开始，每天下班后给树浇花施肥，细心呵护，留住这奇遇般的善缘和绝美。

可是，第二天早晨，美丽没有依然，芙蓉恹恹的，已经失去了晶莹的色泽，全部耷拉着脑袋消瘦枯萎了，在风中摇摇欲坠，让人目不忍睹。我突然醒悟，是移植的结果，觉得此举实在残忍专横，“出自幽谷，迁于乔木”，爱美真让我失去理性。恹恹的花朵，你消瘦在烈日下，消瘦在我的伤感中，你是否在怀念那离去的低山，你在那里，狂野的风曝晒的日都拿你没办法，我却用世俗的态度侵扰你的纯洁，你的优雅，你千万不要消瘦了你的意志！同时又想，这种变化，是否因为新的土壤和环境，需要适应，缓过劲来就好了。我带着这种慰藉上班去了。

下班回来，满树的花叶都已干枯凋谢，落了一地，树杈上只剩下枝条，垂首凝眉，一丝生命枯萎的声音好像在控诉着。我开始着急，叫园艺场的朋友赶紧过来采取补救措施。他一看，二话不说，“咔嚓”一声，把树拦腰剪掉，只剩下一个木桩立在那里，孤零零的，没了半点生气。我好心疼，怪他太狠。他严肃地说：“‘人挪活，树挪死’，萎成这样，只有剪掉，才会存活，如果它自强不息，来年还会抽枝发芽，本色不变！”

怀着留恋之心，我小心翼翼地培土、浇水，适时施点钾肥。今年春天，居然看到新枝长了出来，沐浴着和煦的阳光。又过了十多日，枝头上长出了掌状的叶片，露水洒在上面，娇楚动人，令人心旷神怡。我高兴极了，终于看到了希望，美丽的木芙蓉，长吧长吧，你不忘初心，生生不息，以回归的姿态，茁壮成长，苍郁地圈住这片地势，开出更大更美的花来，与花园内你周围的凤凰木、桂花树、罗汉松、四季茶、千里香和所有的树和谐生长，一点一点，一圈一圈，扩展着岁月悠悠，欢快地向大地高唱着生命优美的进取之歌。

茶　香

前些天，收到台湾朋友寄来的两包高山茶，很是高兴。还没打开包裹，就恨不得挤出一点，放进嘴里咀嚼一番，细细品品来自海峡那边飘来的缕缕心香。

开车回家的路上，天空飘着丝丝小雨。路旁的枝头上，新嫩鹅黄的树叶被雨洗得有点发亮，我的心也是湿湿的，溢满了一种温馨，一种感动。

生活中，我没有喝茶的习惯，更谈不上“品”了。妻子常劝我每天喝点茶，特别在写作的时候。这是因为茶可以清心明目，醒脑提神。忙碌中，偶尔想起，便会捏上一撮放入杯中，再倒水，也顾不上水的温度，然后盖上杯盖，像完成“任务”一样搁置一旁。不知什么时候想起，便会喝上几口，连漂浮在水面儿的茶叶也一股脑“灌”进嘴里。无论是西湖龙井、信阳毛尖、云南普洱、安溪铁观音，或者母亲亲手摘下捎来的老家新茶，喝在嘴里都是一样的味道。真是“糟蹋”了茶也。

因不善品茶，便不去那高档茶楼，对于茶文化也是了解甚微。前些天，我的支气管炎又犯了，便去朋友开的一家诊所诊疗。走进内室，只见浓眉烁目的医生兀自坐着“品茶”。茶几上放着一套古香古色的茶具，紫檀色的茶壶里盛着沏好的茶水，一只精致的茶杯和几只小巧的茶盅有序地置于茶台旁。只见医生端起茶壶，随着茶壶的倾斜，茶水通过漏嘴缓缓地流入茶杯之中，他放下茶壶，又慢慢地端起茶杯，再把茶杯里的茶水小心翼翼地倒入茶盅，轻轻地端起茶盅，细细地品着。对于我的到来他全然不知，丝毫没有影响到“品”茶的雅趣。我在一旁暗暗思忖：莫非他忙碌了一天，好不容易才静下心来品茶，便会心无旁骛……也就在那天，我一边品茶，一边听着医生娓娓讲述着茶经，走出诊所时顿感身心愉悦。

收回幽远的思绪，我的目光又落在手中那沉甸甸的包裹上，忍不住加快回家的脚步。我顿时有了品茶的迫切心情，我要品出茶香背后远方的朋友那醇厚回甘的祝福。

书房，与夜鹤不期而遇

因为想写篇短文，我草草地吃过早饭坐进书房。这个周日阳光灿烂，窗外草木葱茏，气温也不算高，打开一扇窗，让风吹进来，舒服极了。我指尖轻点，素笔勾勒着忧伤，修剪心中的枝蔓，这一时刻，思索沉淀，宁静致远。

忽然，一种隐隐约约、断断续续的声音在书房响起，仿佛很遥远，又仿佛很切近。我凝神谛听了一会儿，抬头一看，一只夜鹤亭亭玉立于我斜对面的椅子扶手上，颤颤巍巍在张望。水鸟造访，馨香一记欢喜，我放下笔，把食指靠在嘴上对着它“嘘”了一声，示意它别怕。它这才发现我，吓了一跳，惊慌失措地扇动起翅膀想飞出去，却找不到来时的路，“咚”的一声，撞到窗户的玻璃上，沿着玻璃掉到了地上，马上飞起，又撞，狼狈极了。我兴奋起来，起身蹑手蹑脚过去抓。它见了，更加慌乱，扇动着大翅膀想逃，绕着书房飞了两圈，瞄准机会径直向玻璃窗上飞去，像飞蛾扑火一样勇敢，又重重地撞到了玻璃上，被我一把逮住。此时，夜鹤眼神飘移不定地看着我，啁啾不啄，了无勇鸷。

好大一只夜鹤，提在手里蛮沉的，有两三斤重，褐绿色的喙长而尖直，微向下曲，头顶至尾部呈褐色而具金属光泽，翅大而长，下巴及腹部则是纯白的，脚趾细长有力，紧紧地扣住我的右手臂，中趾梳状栉缘，趾尖掐进了我的肉里，生痛。我用左手轻轻地拍打着它的头，问：“小鹤呀，水塘、江河、沼泽之地不栖，却要闻香而来，是想在翩跹里染香入诗，还是有心有胆，赌这一程书香迢递的情意入味?”它听了，介然不群，把头微微地扭了扭抬得老高。我仔细观察着它的肢体语言，认为可窥见它的想法。有时候，动物的肢体语言是真实的，不像人类眉眼挤弄出来的表情，反而虚伪。夜鹤的这种表情好像告诉我，自取笑耳，仅来比较心灵渴望的安宁之所。

我笑了笑，问其结果。它用力伸展被我捏得颇紧的翅膀，挣扎了两下不成功，转过头来看着我，眼睛澄澈似孩童，流露出不过如此的神情。我意识到了，赶紧松开手，改用左手握住它两条细长的腿，做金鸡独立状。它马上扇动起翅膀，舒展的夜鹤形态优美，像一朵青莲，呼吸韵味禅香，安逸自然，给我的书房平添了生机和灵气，也给我带来了启示，有言道，“一叶知秋”，通过一片落叶，便可看到田地的金黄和丰收的喜悦。见识夜鹤，我懂了，不应该囿它于掌中，即使孤寂、清冷，也应与天际皓月、潺潺流水和悠悠远山融合在一起，只有这种野生状态，无忸怩之姿，无矫情之态，才是自由自在的。在喧嚣的城市久了，我也尝想结庐深山，头戴斗笠，身穿缁衣，隐逸在山林间，到底没敢逃脱世俗。由此我想到，文学也应当是野生的。温室里生产的文学作品，大抵没有底气不说，极有可能味同嚼蜡。野生，应该成为创作者生活的关键词。

我对夜鹤充满着喜爱和敬仰，不管哪方面都不如它，我是个有心无胆的人，孙水河那片美丽的风景，透着笔下温柔的诗句，却在我的流年中并未氤氲出红袖添香。

小鹤，你走吧，走之前，我带你去家里转一圈，熟悉一下这里的环境，再来做客。我想招待喂它一些米，被谢绝了，便抱着它来到门外，合了几张影，目送它离去。它在我的手心起飞，在蔚蓝晴空，轻逸而潇洒地向南飞去，从有形到无形，此时此景，让我想起了刘禹锡的诗句：“晴空一鹤排云上，便引诗情到碧霄。”

邂逅油莎豆

前日返乡，发小刘峰捧出一捧果豆给我，问我还认得吗。我一看高兴坏了，这是我小时候最喜欢吃的零食，没有之一。它的表面有须状细根环绕，果皮坚硬，凹凸褶皱，咬在嘴里脆香清甜。晃眼四十年，再没见过，以为绝种了。突然邂逅，脑子一下短路，想不起名字。刘峰兴奋地说，这是油莎豆呀。

油莎豆为莎草科一年生草本植物，又名虎坚果，还称铁荸荠、地下核桃、地下板栗，可见它与坚果有不解之缘。它不但可以生吃，还可炒食，油炸，其含油量远高于其他油料作物，号称“油料之王”。

我小时候还冰榨过油莎豆，添加白糖，鲜美油润，有说不出的好滋味。

油莎豆不但富含膳食纤维，脂肪含量也很高，还是一味很好的中草药，据《新华本草纲要》记载，具有“疏肝理气，健脾和胃”的功效。

那年清明时节，我们村三队在龙溪河边圳上一丘沙地用种麦子的方式种植了一亩油莎豆。那时是集体生活，男男女女手握锄头按行距大约五十厘米深三厘米刨出来一排排土沟，距离三十厘米左右播两粒种子，上面盖一层厚厚的猪牛粪，再用薄薄的土浮掩，这样就算种植完毕了。

油莎豆是美味的野果，香如花生，又似核桃，但比花生多一些甜味，比核桃又多一些水分。我们几个小伙伴像贼一样时常去偷偷查看油莎豆的长势，开始用手扒开土层找它的芽，之后观察青苗，等到茎叶丛生，流着口水盼望它早点长大成熟。油莎草茎呈三棱形，由细长坚硬的叶片包裹，分蘖力强，植株开花，长于主茎顶端，每穗具三十朵左右。花小，淡黄色，在野花野草当中，不引人注目。但仔细观察，挺美的，是一种朴素的美。犹如有的女子，淡淡的，不艳丽，却是端庄的、耐看的。我们时常把油莎花一穗穗摘下来，摘两三朵，捧在手里，嘴巴凑近一边跳一边唱："黄狗子白狗子出来哦——汪汪汪。"一会儿，真的像喊狗尾巴草一样从花心处喊出一两只"小狗"来，让我们高兴一整天。

农家肥使油莎草根系发达，地下结果，像花生一样，分生力非常强大。我们时不时抠一株出来查看品尝，从小吃到大。油莎豆的初生是白色的，味淡甜淡甜的，慢慢长成老鼠屎那么大就成熟了，呈黄褐色，味道也正了，时节就到了秋分，所以我们又给它取了一个名字：老鼠屎果。

我们经常趁着夜色溜进田里去偷油莎豆，待到地上油莎草开始发黄，韧性也不强了，用力过猛，有时不但没把豆拔出来，却因茎叶折断把人摔了个四脚朝天。只好用手使劲抠，抠了满满两口袋就跑去小河边洗净，吃饱了不忘带满口袋回去。有两次吃多了头晕，后来才不敢贪嘴。这样，一丘油莎豆，没赶上队里前来收割就被我们偷吃了个精光。三队一生气，第二年不种了，从此没的再见。

长大后，我吃过美国的大杏仁，日本的松子，英国的榛子，它们长得比油莎豆光鲜、好看。至于味道，我认为没有油莎豆好吃。野生的油莎豆有一股特殊的清甜和淡淡的坚果香。我宁愿少吃点，也想吃油莎豆。少吃，多滋味。再说，小时候找油莎豆抠油莎豆是一种乐趣，现在买来吃的那些少了一分野趣，味不浓了。

我决定了，等到退休后，不住深圳，回到老家三个猴子过关处，结一茅庐，备好锄头草帽，专门种植油莎豆，只给自己和往来甚密的朋友吃，不卖。

两棵花树

前几天下暴雨刮大风，把家门口左边靠墙不足两米处的凤凰树吹倒了，一抱粗壮的主干砸塌了铜制护栏，脆硬的枝条拦腰压断了门右前方一棵碗口粗的秋枫，倒在马路上，断成十几截，枝叶纷飞，狼藉满地。门前本来就只有两棵大树，同时遭遇不测，让家人非常伤心，要求我另购花树原地补栽。我却一时没应允，此中缘由，现在来说说。

六年前购新房时，门前一左一右有两棵花树，一棵是山茶树，直径有四十厘米，是棵老树，春天开花，状若芙蓉，繁花似锦，色彩斑斓，如梦如幻，我特别喜欢。便小心伺候，每周浇水，后来莫名其妙地干枯了，让我伤心了好一阵。我拿锯子把树锯了，截下粗大的主干做永久收藏，又在原处种了一棵秋枫，属于阔叶树，虽然容易掉叶，但长得快，一年四季变换着各种绿，挺美。一棵是凤凰树，四层楼高，弯曲生态，夏季花开，银杏叶状，在门楣上空焰火般优雅绽放，在空气中弥漫着淡淡的花香，招蜂引蝶，翩翩生趣，有让人爱慕至刻骨的静谧与恬然。花灿热闹，草木侘寂，端详那纤细枝叶间缀满的凤凰花，它们一簇簇紧紧相拥相偎，在我的心中怒放成家的富贵，我想，原来生活可以这般层层叠叠，多姿多彩。住在这里赏花，读书，可韵出禅宗。更为出奇的是，凤凰树主干离地五米处发出一枝，末端枝叶融结成华盖罩着门庭六级楼梯下的左右转换平台，伞一样遮着上面的阳光或雨水，俨然无数只凤凰舞成伞阵，迎风而起。

大树下面，还种有五棵小桂花树，房子装修时对面的邻居送的，还派人种上，让我深感邻居好赛珠宝，每次桂花香气弥漫，我就会生出一份感恩。后来，我怕它们长高遮住门前的视线，齐刷刷把头给剪平了，只留一个半人高，站在门庭外望挡不住视线。我自己还买了两棵九里香，栽在左右两侧花园入口处，也修剪了，只许它们往横里长，小白花缀点枝头的时候，屋里屋外到处是香的，惬意极了。我还在门前种了一些鸡冠花、凤仙花、夜来香、一串红，簕杜鹃、月季、鸢尾等，这些花每周浇一次水就好，不需要花多少心思去照看，也会开得热热闹闹，欢欢喜喜。

有了这些，一年四季都可以看到花开，有一个完整的美好印象。我不时拍下照片，写一段有感而发的优美文字在微信朋友圈炫耀，每次都有成百上千的点赞和评论，这是何等的魔力。此事后来被父亲知道了，这个湖南新邵的“风水大师”，对我的事非常上心，当年购房时特意从老家来相过风水的。他看了十分满意，说坐北朝南，博朗山发脉，得缠护砂体拱卫，来龙气势变化多端，延伸玄曲，顿跌起伏，融结至此。北有东江玉带缠腰，得水带气，阴育阳生，冬阻西伯利亚的寒流，夏接太平洋的凉风，可谓得山水灵气，受日月光华，而使地灵人杰。我大喜，专门撰写了一副对联贴在门上：靠山风来先，桂馥兰馨，凤鸣朝阳；居江水易得，云蒸霞蔚，龙跃华府。

父亲看了我微信上的照片，觉得两棵大树离屋太近，有损风水旺相，特意打电话给我，说家门口要阳光充足，大树枝叶把门前挡得阴森森的，时间长了不好，建议我砍掉。我把父亲的话跟家里人说，全部反对，都不许我打树的主意。

自此，我对门前的风景留意起来，两棵树枝叶繁茂，晴天阳光照射不下来，地上的确阴森暗淡，以至石地板上长了斑苔，这里一点，那里一片，扫不干净，用高压水枪也冲刷不掉，有损观瞻。特别是雨天，地面湿滑灰暗，叶落下来，细且多，又沾雨，没法扫，如遇大雨冲刷往下流就堵住了下水管道，污浊溢出，水和细叶便从车库一路冲进负一楼，不一会负一楼就成了泽国，我拿着水桶，拖把，扫帚，要干一个下午才能搞干净。有一次，在客厅扫水时滑了一跤，把腰扭伤了，班也上不成，躺在家里吃了半个月中药，这个时候，我就怪起树了，站在门前左看右看不顺眼，像看见厌烦了的女人一样，不管长得再漂亮，一旦不喜欢了，就想让她离开。又跟家人商量砍掉，没一个支持的，只好作罢。

这次，风雨把树全撂倒了，虽出乎我的意料，倒让我如愿以偿。我仰起头，深深地吸气，任沁心的温暖拂亮眼睛，让从遥远处抵达而来的阳光洇上我清冷的脸颊。可是，我这浅浅的满足被正在伤心的家人逮了个正着，失去了两棵大树，不仅没有了花，而且少了绿，失去了门前风景的层次感，她们觉得这个家就不美了。同时，这么大的树倒掉，她们甚至觉得有些不可能，尖刻地问我："不是你给树下了药吧？"听到这种痴话，我的心倏地被惊住了，只是没有反驳，觉得家是讲情的地方，不是讲理的地方，输赢都不好，反而会把关系搞得更僵，争赢伤了感情，驳输伤了心情。所以，我默默忍受着猜忌和怀疑。

雨还在下，地面却是干干净净的，像涂了一层釉。无落叶，下水道也不堵了，水一路畅通消失于无形。我看见眼下各种枝叶和小花上的烟雨迷蒙，看屋檐上落下的雨水，如珠如丝如瀑，听雨打树叶声，雨打蝴蝶兰的叶片声，雨打地面的嗒嗒声，雨中的鸟叫声，好不热闹。我特别喜欢这种热闹，特别是在孤寂的写作后，在无人述说时，在思念的当儿，我就撑一把油纸伞，来到门前瓦楞下，感受风雨，闻闻，笑笑，就已足够。我知道，人在外，不是所有的愿望都能实现，一直苦苦追寻着的所谓的成功，所谓的梦想，总有一些不能拥有的遗憾会经过你的生命，而只要你有一份家的安心和满足，就可以挡住风雨，平安快乐，至于那些遗憾，把它藏在只属于自己个人的记忆深处，成为流年里没有后悔的美丽风景。

门前的这方天地，头顶没有了遮挡，我感觉到了一种敞亮，感觉到了另一种美。晨曦洒落在门前，我伫立或者倚在石栏杆上，就着空气中清馨桂花香，闲闲地看着，觉得屋前更加开阔了。阳光在石板、小树和花草上晃着，婉约流泻着，照在身上，由暖而热。轻飔吹拂，温柔而燥。我看着光线慢慢变强的明亮，由舒适而感觉到心生愉悦，在桂香的波纹里，一种家的欢愉漾开了一池心漪，想以前再辛苦也值了，在那不长不短的人生旅途中，尽管一幅一幅优美的风景在眼前交错更迭，而我的叹喟，却始终没有走出这个家的里程。现在，我可以静静地站在门前看着，看两边的蝴蝶兰翻飞，看九里香在风中轻微颤动，看早上物业绿化工作人员刚刚浇完水的土地黑而潮湿，看一些剪矮了的桂花树在小小的花园空绿着，上面点缀了淡黄小花，看一些鸟在树间穿插飞过，留下清脆的鸣叫。我不愿意去打扰她，就这样悄悄地看着她，追寻她的身影，生怕她发现我而远遁。

后 记

夏夜清幽，一轮月，一颗星，一盏灯，一杯茶，坐下来整理我的这本集子，有些激动，也有些赧然，这是十年之后我出版的第二本散文集。

文字是最好的纪念品，其间包含着我青春的激情、人生的辛酸和对这个世界的体验，多年前那簇点燃的文学之火依然闪亮着，照亮着前行的路，给我带来宁静、勇气和幸福。生我之父母，养我之土地，是我生命之源泉。我倾尽一生，用眼睛去领略她的美丽神奇，用性灵去品读她的玄妙斑斓，用生命去体味她的博大精深。疑惑或许是永恒的，因为她就是自然、历史、生命与人生。但她让我这颗愚钝浅薄的心，充满了爱与真诚，始终保持着纯朴，我希望我的文字透着泥土的芬芳和对美好生活的追求，远离现实中一切的丑恶和阴暗，构筑起善和美的精神家园，让畅览这本书的人有所触动、回忆或思索。

从小爱好文学，十六岁开始舞文弄墨，掐指算来已逾三十年。当1995年退伍，冬天的情节尚未展开，在落叶的叹息声中我又迫不及待地南下深圳打工。在龙华清湖那间只有几平米的铁皮房，我成了它新的主人。我像一块异地的石头，在那片憔悴的水域，冷静的活着，连同那些迷惘的文字…… 后来创业，泡在公司的各种材料里，须臾也没有离开过文字。也出版了两部小说，是靠“写”换来的，身体上的各种疾病也是因为“写”而获得。每个人都在追梦，当我在追梦的路上不经意地想到小有收获而得来的财富，自己变得陌生和虚浮时，就会想到过去，小的时候山村的生活极其贫穷与单调，吃清凉的井水，点着小油灯看书写作，身边常坐着纳鞋底的母亲，心灵就会获得提醒和沉淀，记得已是深夜，母亲催促上床休息，就会轻声说：“崽啊，可以啦，你已经是村里的文化人了……”记忆如此鲜活，如此美丽，何尝不是一笔财富，只有真实的才是幸福的，它涂抹我生命的底色，使我的灵魂伴着时代的脉动，诗意地栖息在故乡的大地上。

感谢缘分，感谢友情，永远不会忘记帮助过我的老师和朋友。

由衷地感谢深圳作协于爱成主席和《深圳特区报》副刊主编张樯兄，没有他们的督促、鼓励和帮助，就没有这部集子的问世。

李业康

2020年7月18日于深圳

图书在版编目（CIP）数据

父亲看着我 / 李业康著. -- 北京：作家出版社，2025. 1.
-- ISBN 978-7-5212-3134-2

Ⅰ. I267

中国国家版本馆CIP数据核字第2024LC0392号

父亲看着我

作　　者： 李业康
责任编辑： 丁文梅　朱莲莲
封面设计： 贾　莹
出版发行： 作家出版社有限公司
社　　址： 北京农展馆南里10号　　**邮　　编：** 100125
电话传真： 86-10-65067186（发行中心）
86-10-65004079（总编室）
E-mail:zuojia@zuojia.net.cn
http://www.zuojiachubanshe.com
印　　刷： 河北星强印刷有限公司
成品尺寸： 155×220
字　　数： 183千
印　　张： 13.5
版　　次： 2025年1月第1版
印　　次： 2025年1月第1次印刷
ISBN　978-7-5212-3134-2
定　　价： 78.00元